大家族四男7
兎田士郎の
不思議なテディベア

contents

第一章

夢と希望の校内キャンプ!?

1

夏休みを控えた週末。

快晴に恵まれた頭上には、雲一つない青空が広がっている。

その割に程よく風が吹いて、今日はかなり過ごしやすそうだ。

「キャンプ、キャンプ、キャンプップー♪」

「キャンプップ〜♪」

「きゃっ！　ぷっぷ〜っ♪」

十人乗りの自家用ワゴン車の後部席から、謎なキャンプソングが合唱され始めたのは、走り出して直《す》ぐのこと。

歌っているのは、地元で「希望ヶ丘《きぼうがおか》のキラキラ大家族」と呼ばれる兎田《とだ》家の七人兄弟のちびっ子たちで、五男で小学二年生の樹季《いつき》、六男で幼稚園年中の武蔵《むさし》、末弟で一歳半ばを過ぎた七男の七生《ななお》。

「オンオ〜ン♪」

　そして、三人の足下できちんと伏せている、隣家の飼い犬でセントバーナードの成犬《せいけん》の♂《オス》・エリザベスだ。

　日頃から一家で出かけるのが大好きなちびっ子たちだが、本日は一泊二日の予定とあって、いつにも増してテンションが高い。

　また、誰に教えられたわけでもないのに、自然と同調してくるエリザベスは、もはや八番目の兄弟も同然である。

（ササミ、ササミ～♪　か）

　ただし、市販《しはん》のおもちゃを改造したエリザベス専用のわんわん翻訳機――腕時計タイプ――の画面を見ていた四男で小学四年生の士郎《しろう》は、我が道を突き進んでいるエリザベスの翻訳した実際の歌詞内容を見て、噴き出しそうになった。

　この辺りは、犬らしいと言えば犬らしいが、エリザベスは本当にササミが好きらしい。

　いや、大・大・大好きなのだろう。

　普段から士郎が（隣から声が聞こえるな）と思い、翻訳機の電源を入れると、大概「ササミ」を連呼《れんこ》している。

　それこそ鼻歌交じりに「ササミ～♪」と歌っているように思えるくらいだ。

（今日は、おやつとご飯用にたくさん持ってきたよって言ったら、大喜びだろうな）

　ちなみに、エリザベスのこうした声やうなり声を拾って本体に送る小型の受信機は、飼い主である老夫婦・亀山一《かめやまはじめ》と花《はな》の許可を得て、最近はずっと首輪に付けられている。

「キャンプ、キャンプ、キャンプップー♪」

「キャンプップ～♪」

「きゃっ！　ぷっぷ～っ♪」

とはいえ――。

士郎は、さっそく歌い、はしゃぎ出した弟たちのほうが気になった。

「キャンプって。これは遊びじゃないよ。自治会主催《じちかいしゅさい》の避難所生活体験だって、ちゃんと説明してきたのにな」

理由はこれだ。

彼らが引っ越してきてから五年になる都下のベッドタウン・希望ヶ丘町《きぼうがおかちょう》では、毎年夏休み前のこの時期になると、小学校の校庭及び体育館を借りて、避難所生活体験が行われていた。

これは、過去の災害をきっかけに始まった防災訓練行事のひとつで、一家で指定避難所へ移動したことを想定し、一泊二日の避難所体験をする。周辺地域でも「かなり気合いが入っている」と有名なものだ。

ただし、それだけでは集まりが悪く、開始当初は二十世帯にも満たなかった。

そこで、バーベキューや炊き出し付きなどといった校内キャンプ要素を強調したところ、それならば——と、徐々に参加世帯が増えてきた。

近年では、隣の夢ヶ丘町《ゆめがおかちょう》からも参加希望世帯が出たことで、双方の自治会がタイアップ。合同行事になったのもあり、百世帯以上が参加している。

しかし、キャンプ要素はどこまでいってもおまけのお楽しみだ。

決して避難所体験がおまけではない。

だからこそ、参加には集団行動についての約束ごとがあるし、保護者同伴は絶対だ。

また、エリザベスのようなペット同伴枠があるのも、ありとあらゆる避難ケースを想定してのことだ。

「キャンプ、キャンプ、キャンプップー♪」

「キャンプップ～♪」

「きゃっ！　ぷっぷ～っ♪」

「オンオ～ン♪」

だが、樹季たちは避難所への移動中からこの調子だ。

士郎は思わず座席横から身を乗り出した。

「あのね——、っ!?」

すると、隣に座っていた三男で中学二年生の充功《みつぐ》が、溜め息交じりに腕を掴んできた。

力任せに引き戻される。

「あのな。世間一般のちびっ子供が、説明さえしたら理解すると思うなよ。いい年の大人だって、理解できないやつが山ほどいるんだからさ」

「それはそうだけど。でも、メインは体験なんだから、最初に遊び感覚は否定しておかないと」

ちょっとしたことで意見がぶつかり合うのはいつものことだった。

「うーん。これに関しては〝正しく楽しく身に付けよう!〟がコンセプトなんだから、いいんじゃない?」

ただ、この場では充功の意見が優勢か?

声を発したのは、士郎の前に大荷物と一緒に座っていた次男で高校二年の双葉《ふたば》だ。

座席横から顔を出し、士郎を見てニコリと笑う。

「確かにね。実際、避難所生活になったら、そうは言っていられないけど。でも、参加者の中には、キャンプさえしたことがないって家族も来ているはずだから。まずは家の外で寝起きするってこうなんだ――くらいから覚えて、経験値を積んでいくのでいいんじゃない?」

「そうだね。うちだって武蔵と七生は初めての参加なんだしね」

そこへ助手席から長男で二十歳にしてすでに社会人二年目の寧《ひとし》が加わり、最後は運転席でハンドルを握っていたキラキラ大家族の家長にして父親の颯太郎《そうたろう》が加わった。

民主主義という多数決に則るまでもなく、士郎は折れた。

言われてみれば理《り》にかなっているからだ。

「ってか、十歳児。そもそもお前も立派な子供だからな」

「そういう十四歳児だって、世間から見たら子供でしょう」

それでも充功と士郎の小競《こぜ》り合いは続く。

どうも充功は、十歳児にしてはしっかりしすぎている士郎を子供扱いしたいようだ。

思わず士郎の唇が尖る。

しかし、それがかえって充功を浮かれさせる。

「だから俺は、最初から〝今週末はキャンプだな〟って言って来ただろう。な、お前ら」

「うん！　みっちゃんはずっとキャンプだぞって言ってた！　父ちゃんたちも！」

「え!?　父さんたちも？」

今日に限って充功に習い、父や兄たちが揃って士郎のお説教を止めたのは、これが理由だったらしい。

ようは、士郎以外の全員が「避難所体験」のことを「キャンプ」と称してちびっ子たちに話をしてきたのだ。

単に、そのほうが話がしやすかったのだろうが――。

「僕もみっちゃんに言われたよ！　キャンプだけど、いつもよりたくさん人が集まるから、絶対に側から離れるなよ。勝手にウロウロしたら駄目だぞ。俺たちの言うこと聞けよって」

「なっちゃもよ～っ」

しかも、このあと出しだ。

「――」

士郎は唇を尖らせた上に、眉を顰めて充功を見る。

「物は言い様なんだよ」

してやったり顔で足を組む充功はさておき、士郎を刺激したのは、このやり取りに笑うに笑えずにいた双葉や寧、そして颯太郎だ。

（充功の奴っ！　だったら最初から、樹季たちにはちゃんと言い聞かせてあるから大丈夫だぞって、教えてくれればいいのに！）

「くぉ～ん」

こうなると、いつでも「ササミ」なエリザベスが愛おしい。

だが、手首にはめた翻訳機を見ると「俺も」と表示されている。

（エリザベスにまで⁉）

これればかりは、どういう意味での「俺も」なのかはわからない。

ただ、鼻歌交じりで偉そうな態度がいっそう強まった充功を見る限り、事前に樹季たちにしたような説得をエリザベスにもしたのだろう。

通じる、通じないは、さておいて――。

＊＊＊

一方、避難所生活体験の会場となっている希望ヶ丘小学校の敷地内には、続々と参加世帯が集まり、テントを張り始めていた。

自治会の催《もよお》し物とあり、参加世帯の家族構成は様々だ。

最寄り駅周辺を除けば、田畑が広がる土地も多いことから、三世代同居で参加する家族もあれば、夫婦だけで参加する家庭もある。

また、テント設営場所の一番人気は、校舎の出入り口に近い場所。

本来ならば、トイレや水道が利用しやすい位置なのだが、しかし近年「それはどうでもいい」という家庭が増えている。

理由はこれだ。

「あら？　兎田さんたちは、まだ来てないみたいね」

「隣よ隣！　テントの場所、寧くんと隣よ。やった～っ！」

「そこまではしゃぐ？」

「当たり前でしょう！　久しぶりなのよ。こっちはいつでも時間に都合がつく女子大生でも、寧くんは家事に育児に仕事の社会人。遊びに誘ったところで、ごめんって断らせるだけだからって。地元に残っている同級生は基本我慢、抜け駆け禁止の協定を結んでるくらいよ。けど、それが今日明日は、こんなに近くで！　懐かしい話もできるんだからね！」

「え？　今日なんて、もっと育児で大変なんじゃない？　というより、あの相思相愛ブラコンな弟くんたちが全員揃っているところで――。あんたよく、割り込んで話ができるって思えるわね」

「――っ!!　お母さん、ひどい！」

そう、兎田家の存在だ。

だが、それを力いっぱい声にし浮かれていた娘を、ものの見事に撃沈《げきちん》させた母親とのやり取りを目にすると、兎田家のテント予定地をコの字型に囲む家庭の者たちの顔に、自然と笑みが浮かんだ。

中には不意に準備の手を止めて「そう言えば――」と話し始める男子もいる。

「俺も双葉に会うのは中学の卒業式以来だな。相変わらず、文武両道のスーパーマンなのかな？　人懐っこくてちゃっかりしてるから、そういうふうにはまったく感じさせないんだけど。あの美形なキラキラパパにそっくりで、なおかつ通知表がほとんどオール5とか10の常連生徒会役員って。普通に考えたら学園ヒーローだよな？」

「不思議よね。それがまた親しみやすくていいんだけど」

息子に釣られて、母親も手を止める。

「でも、兄貴。それを言ったら充功だって、ずば抜けてカッコイイ上に運動神経抜群だよ。ちょっとワルっぽい風にしてるけど、その理由が〝弟たちがいじめられないため〟だし。本人は〝俺は恐れられてる〟って、思い込んでるところがあるけど。一度でも話してみたら、すげぇいい奴ってわかるし。まあ、嫌われたら怖いなとは思うけど」

「そもそも、好き嫌い言われるほど親しくないしな」

「それは言ったらおしまいだよ。だから、今回お近づきになれたらいいなって思っているのに」

「はははっ。確かに！」

どうやらこの家庭は、兄弟二人が兎田家の次男三男と同級生のようだ。

どちらも双葉や充功と仲がよく、特別行き来があったわけではないが、共通の話題としては盛り上がるらしい。

当たり障《さわ》りがない上に、何を話していても、悪口にならないからだろう。

「それにしても、弟のためか――。理不尽な大人を真顔で論破《ろんぱ》する、絶対的な子供の味方。その上、日頃から面倒見がよくて、ドラゴンソードじゃ伝説的プレイヤーな神童《しんどう》士郎がいじめられたら――って、考えるところがすでに兄馬鹿だしな。もしかしたら、前の土地でそういうことがあったのかもだけど。でも、今やこの希望ヶ丘で士郎をいじめたい奴、敵にしたい奴なんていないよ。それこそ世間に関心が無い人間がうっかり関わって、因縁を付けたとかならわかるけど」

「だよな～。その下の樹季にしたって、本当なら女の子みたいって、からかわれそうなくらいの美少年を地《じ》でいってるのにさ。あれだけ中身も可愛いというか、ふわふわしてたら、かえって守らないと駄目だよなって思わされるし」

「だが、あれは天性《てんせい》の可愛い屋さんかつ小悪魔だぞ～。何せあの士郎を手玉に取る最強のうふふ屋さんだ。しかも、甘えられる人間とそうでない人間を見分けてるとしか思えないときがあるし。俺は、兎田家の中で一番大物になるんじゃないかと踏んでる！」

それにしても、兄弟揃って盛り上がりが半端なかった。

しかし、母親はこれらをニコニコしながら聞いている。

こうした共通の話題ができてから、見てわかるほど、兄弟仲がよくなったという事実があるからだ。

「こうやってお兄ちゃんたちの話を聞いてると、武蔵くんって普通だけど、そこが可愛いわよね。男の子らしくて、とてもいい子」

「いやいや。幼稚園児にしてすでに出来上がっているあの容姿に、真っ直ぐな性格。しかも、すごい正義感の持ち主だ。将来有望間違いなし。兄たちにも負けてないと思うよ」

すると、ずっと聞き耳を立てていた他家の母親や子供たちまで話に加わってきた。

中には真っ白なポメラニアンを抱えた中学生と小学生の兄弟もいて、弟のほうはクラスこそ違うが、士郎と仲のよい同級生・中尾《なかお》優音《はると》だ。

こうなると、コの字型の兎田家スペースが、自然と立ち話の場所となる。

そしてその間、どこの家でも黙々と準備を進めているのは父親だ。

「ちっちっち！　甘いな〜、みんな。そういう兄たちに溺愛され、なおかつ家族のいいところをまんべんなく持って生まれたスーパーアイドルベビー・七生を忘れちゃいけないぜ。キラキラパパの美貌に、寧さんのブラコンに優しさ。双葉さんの愛嬌《あいきょう》に充功の運動神経。士郎の賢さに樹季の小悪魔、その上武蔵の正義感。俺はもう、七生がこれからどう育つのかが気になって気になって。同居して観察日記を付けたいくらいだ」

「それはさすがに――引くぞ」

「変態」

「なんだと！」

だが、さすがに「そろそろいいだろう」「お前たちも早く手伝え」という父親たちの気配を感じてか、

「まあまあ。そんなことより、早く準備を終わらせましょう」

母親の一人が切り出すと、息子たちは「はーい」と返事をしつつ、そのほとんどがゲーム機やスマートフォンを手にして、その場を離れていった。

それでも残った母親たちは「またね」「あとでね」と自分のテントへ戻っていく。

優音も一瞬、兄たちについて行こうか迷う。

「うーん。でも、すぐに士郎くんたちやエリザベスが来るだろうし。やっぱり一番に会いたいよね。ポメ太」

「アン！」

だが、自他ともに認める士郎信者な彼は、愛犬のポメラニアン・ポメ太とこの場に残り、テントで待つことにした。

必然的にコの字の真ん中が空き地になる。

ちなみに兎田家の列の左側にテントがないのは、この列が校庭の端側。それでいて、ペットを同伴している家庭に割り振られた列だ。

「ここにするか」

「そうね。広くていい場所が空いていて、よかったわね」

しかし、空いたスペースにはすぐに別の家族がやってきた。

中学生くらいの男子を連れた三人家族で、その場に荷物を置くと、まずはテントを広げようとする。

「あ！　すみません。ここは士郎くん家のスペースです。おじさんたち間違えてますよ」

それを見て声を発したのは、直ぐに気付いた優音。

ポメ太と共にテントから出てくると、見知らぬ大人相手だが思い切って声をかけた。

「え？」

「前に抽選のお知らせがきてました。メールとチラシの両方で。だから、メールを確かめたらわかると思います」

頑張ってはっきりと伝えたが、内心ドキドキしていた。

声をかけられた瞬間、その夫婦があからさまに嫌な顔を見せたからだ。

「結果？」

「――ああ、このメールね。気が付かなかったわ。でも、教員室の五世帯目って？」

父親が首を傾げる間に、母親は手荷物の中からスマートフォンを取り出していた。

連絡そのものは、きちんと届いていたらしい。

「参加しおりにも乗ってますけど、教員室前の五世帯目だと、グランドの真ん中から少し後ろくらいです」

「え？　真ん中でさらに後ろなの？　それって、トイレまで一番遠いじゃない。というか、そんな抽選のことなんて書いてあった？」

しかし、優音が一生懸命説明するも、相手は不満たらたらだ。

「えーと。参加申し込みするときの紙に、家族の人数やペットを書き込むところがあって、それを見て抽選しますってなってたはずです。僕、お母さんが書くの見ていたので」

「でも、場所なんか。実際の避難ってなったら、早く到着した順じゃない？」

父親も、口こそ挟まないが、今にも文句を言いたげだ。

小学生に絡む妻を止めもしない。

だが、そんなときだ。

「そうですね。これが本当の避難なら、それこそ水回りや便利な場所は足腰の弱い方や高齢者、幼児のいるご家庭が優先になります。でも、そうした基本的な思いやりを、親子共々身につけましょうというのも、この避難所体験の目的のひとつですからね」

「!?」

「!!」

かけた眼鏡のブリッジに指をかけながら、きっぱり言い放ったのは今到着したばかりの士郎だった。

空いた手には折りたたんだブルーシートを抱え、背後にはエリザベスとそれに跨がる七生。あとは、それぞれリュックを背負って、しっかり手を繋ぎ合う武蔵と樹季を従えている。

「あ、ごめんなさい。知ってましたよね。おばさんたちは大人だし」

トドメのように、にっこり笑う士郎に、優音は両目を見開き、瞬きさえ忘れた。

声にはならないが両手に拳《こぶし》を作ると、

（士郎くん！　士郎くん！　士郎くん!!　やっぱり超カッコイイよ～っ！）

——と、内心絶叫中だ。

それがわかるのか、なぜか樹季まで「そうでしょう！」とばかりに胸を張り、また武蔵と七生にいたっては、その場の空気だけで、うんうんと頷いている。

「——なっ」

「ねぇ、まだ？　テントの場所なんかどうでもいいから、早く荷物置く場所を作ってくれよ。あ、友達が来たみたいだから、俺行くよ」

すると、最初から夫婦の後ろでずっとスマートフォンを弄っていた息子が、面倒くさそうに言った。

「ちょっと待て！　お前が参加したいって言うから、申し込んだんだろう。準備くらい手伝えよ」

「これから対戦するから、無理～っ。ってか、伝説のプレイヤー〝はにほへたろう〟に会えるって聞いたから、参加したかっただけだし～。いってきまーす！」

これには父親が腹を立てるも、言うことを聞かない。

息子は荷物を押しつけて、そのまま走り去る。

母親のほうは、ますますバツが悪そうだ。

「なんなんだ、あいつは。お前、普段からどんな躾《しつけ》をしてるんだ」

「――!!」

しかし、ここへ来て父親が放った一言が、母親の顔つきを変えさせた。

彼女の怒りの矛先《ほこさき》が一気に変わる。

「仕方ないじゃない。あなただって会社のお友達に誘われたら、断れないからって飲んで帰るでしょう」

「――ったく！　これだから家族参加の体験キャンプなんて面倒だって言ったのに」

「私だってママ友付き合いで誘われて断れなかったの！　とにかくその荷物を持ってきて。普段家のことなんてしないんだから、今日明日くらい役に立ってよね。周りの旦那さんたちみたいに！」

「わ、わかったよ!!」

こうなると母は、妻は、強しだ。

そうでなくても、このような訓練に参加する家庭は、父親も率先して家事育児に参加し、また町内会行事にもマメに参加するタイプがほとんどだ。

世代を問わず、家事に育児に近所づきあいなんて女の仕事だ、男の仕事じゃないと思い込んでいる男性には、なかなかの苦行《くぎょう》になる。

逆を言えば、それを承知であえて参加し、家では縦の物を横にもしない旦那を矯正しようと試みる奥さんもいるが、成功率は三割程度と聞く。

しかし、野球に例えるなら三割バッターの好成績だ。

それもあり、駄目元《だめもと》でこの矯正参加に挑む奥さんは、毎年一定数いる。

「大丈夫だった？　優音くん」

問題の家族がその場からいなくなると、士郎は真っ先に優音のほうを見た。

今になって、何か揉めていたのか？　と、再びテントの中から周りの大人たちが顔を出す。

「うん。大丈夫。ありがとう、士郎くん」

「え!?　どうしたの、優音。ごめんね、士郎くん。またうちの子、助けてもらったの？」

だが、士郎たちのやり取りから勘違いをしたのか、優音の母親がまず先に謝ってきた。

優音から日々、何かと助けてもらった話ばかり聞くので、反射的に出たのもある。

「いいえ、そうじゃなくて。優音くんが、うちのスペースを守ってくれたんですよ」

「士郎くん家のスペースを？」

中尾が問い返していると、そこへ新たに二人の女性が近づいてきた。

「そうなの。場所抽選を理解せずに、ここへテントを立てようとした一家がいてね。先に優音くんが注意してくれたの」

「そうそう。でも、直ぐに納得しないどころか、不機嫌そうになっていたから。私たちが割って入ろうとしたら、ここは子供のほうが角が立たないし、そもそもうちのスペースだからって、士郎くんが代わりに――ね」

声をかけてきたのは、士郎がここへ越してきたときからの親友・手塚晴真《てづかはるま》の母親。

そして、最近特に士郎と親しくなった寺井大地《てらいだいち》の母親の二人だった。

どちらも快活《かいかつ》な兼業主婦だが、今年は実行委員を引き受けたらしく、腕に腕章を付けている。

「あ……。そういうことだったんですね」

中尾は説明を聞いて、安堵していた。

しかし、まだ準備の段階だというのに、手塚と寺井の顔には覇気《はき》が無い。

疲れたというよりは、呆れから肩を落としている状態だ。

「本当、困ったものよ。中尾さんみたいに、初参加でもきちんと参加要項を理解してくれている人も居るのに、ほとんど丸無視って人も居るんだから」

「まったく、どうしてなのかしら？　どんなに申込書の最初に〝熟読してから申し込んでください〟って書いても、一定数読まない人たちがいるのは。白ヤギか黒ヤギみたいに食べてるの？　って聞きたくなっちゃう」

理由はいたって簡単だ。

どうやら先ほどのような親子がすでに何組もいて、イライラしていたのだろう。

二人の愚痴を耳にすると、中尾や周りの母親たちが、顔を見合わせながら、

「あー。いるよね～」

「これに限らず、どんな行事でもね」

保護者あるあるだと言わんばかりに、相槌《あいづち》を打っていた。

ただ、それを聞いていた士郎は、なぜかクスッと笑った。

すると、手塚が「どうかした？」と訊ねる。

「あ、ごめんなさい。けど、そうやって未読で来ちゃう人ほど、この一泊二日の不自由体験で、今後の備《そな》えがよくなったり、ちゃんと対策を考えるようになるんじゃないかな――と思って」

「不自由体験？」

「はい。だって、そもそもこの避難所生活体験って、各自想像力を働かせて荷物の準備、持参するところから始めてくださいね――っていう、けっこうすごい前提ありきの自治会行事じゃないですか。一家総出で考えてきても、けっこう〝あれが足りなかったね〟ってなるのに。前知識や考慮無しの初参加なんて、普通に抜けだらけになりますよ。でも、そういうタイプの人たちって、結局実体験あるのみだから。このさい思い切り困っといたほうが、本当の訓練になるんじゃないかな――って」

この年にして自己責任を理解する、士郎らしい解釈かつ意見だった。

ようは、言ってわからない人は放っておいても、それはそれで経験になると言い切ったのだ。

「なるほどね」

「そう言われると、そうかもね」

「それに、基本の参加責任は各家庭の保護者にあるのも、この訓練の約束です。さすがに、テントの場所だけは説明が必要だとは思いますけど。でも、それ以外は――ね」

しかも、いざとなってどんなに不自由したところで、責任は各家庭持ちだ。

実行委員が責められる謂《い》われはないし、ましてや責任を感じる必要も無いのだから、気にしなくていいんじゃないですか？　まで、笑顔で付け加えた。

これには、黙って聞いていた中尾も「聞きしに勝る賢《まさ》さだわ」と感心している。

優音にいたっては「やっぱり士郎くんはすごいや！」と、話の意味が全部わからなくても、ご満悦《まんえつ》だ。

「そうか。そしたらこれから確実に出てくるだろう〝あれがない、これがない、どうして先に教えてくれないの？　ズルいズルい、ひどい！〟に対しても、それを知って学ぶための体験行事なんで～って、笑って言えばいいのね」

「あ、なるほど。〝もちろん参加案内を熟読してもわからないって、直接聞いて来た人には、答えてきましたよ〟とも言えるしね」

手塚と寺井もこれには顔を見合わせてニンマリだ。

他の役員にも言っておきましょう――で、ルール無理解な参加者対応は、これで決まりだ。

しかし、荒ぶる気持ちが落ち着くと、改めて気になることがあった。

「それより、士郎くん。お父さんやお兄さんたちは？」

「すぐに来ると思います。出入り口で他のお父さんやお友達に話しかけられて、それぞれ盛り上がっているだけなので」

「そうか」

「なら、よかった」

特に何があったわけでもないと知り、まずはホッとする。

「ところで、優音くん。もう、熱は大丈夫なの？　ここ二日くらい寝込んでいたって、晴真から聞いていたんだけど――」

また、手塚はこれも気になっていたのだろう。

中尾と優音を見ながら、一応確認をとる。

「あ、おかげさまで。なので、今日も本当は練習に行かせてから――と思っていたんです。けど、晴真くんたちが、それで熱がぶり返したら大変だから、今日だけは訓練キャンプを優先したらって。みんなで泊ったほうが楽しいし、そうしなよって言ってくれて」

これは士郎も初耳だったので、優音のほうを振り返る。

「そうだったんだ。てっきり、今日はサッカー部の練習がないんだと思ってた」

「へへへ。サッカー部のみんなは、校庭が使えないから夢ヶ丘小で合同練習してるよ。終わったらこっちへ来るって。なんか、向こうの部員の子も、何人かは来るみたい」

「うわっ。そうなると、今夜は賑《にぎ》やかだね」

どうりで静かだと思った——までは言わないが。

それでも士郎は、晴真たちが合流したら、さぞ——とは思った。

すると、そんなときだ。

「——あ、寺井さん！　ちょっといいかな！」

呼ばれた寺井のみならず、その場にいた者たちが反射的に振り返る。

士郎や樹季たちどころか、エリザベスまでだ。

「どうしたの？　原《はら》さん」

原と呼ばれたのは、寺井や手塚たちと同い年くらいの女性だった。

士郎が見て、普段こうした行事で顔を見ることがなかった相手なので、どちらかと言えば学校や町内での人付き合いは得意ではないのかな？　と考える。

「兎田さんって人はもう来てる？　来ているなら紹介してほしいんだけど」

「え？　まだ来ていないみたいだけど——。紹介って何？」

とはいえ、何か体験のことで聞きに来たのかと思いきや、いきなりこれだ。

寺井どころか、その場にいた全員が身構えることになった。

2

同じ町内とはいえ、希望ヶ丘町だけでも新町と旧町を合わせて三千世帯以上あった。

当然、面識のない者も多いためか、中尾と手塚も顔を見合わせながら、首を傾げている。

正直に言えば、すでに嫌な予感しかしていない。

「昨日、パート先の社員さんにサインを頼まれちゃったの。なんでも彼女がアニメ好きだから、サプライズプレゼントしたいんだって。兎田さんのお父さんって、そういうお仕事してるんでしょう。アニメの原作だかシナリオの」

「――は？　何それ。意味がわからないんだけど」

「え？　だって寺井さん。前に息子さん同士が同級生だって言ってたじゃない。それぐらいママ友のよしみで頼めるでしょう」

「それぐらい……って。そういう発想自体が失礼よ。だいたい、あなたがファンでもなければ、頼んできた社員がファンでもないのに――。有り得ないから」

寺井たちの嫌な予感は、ものの見事に当たった。

自然と語尾がきつくなる。

しかし、自分の常識、他人の非常識とはこのことだ。

「そんなに怒ることじゃないでしょう。別に、ご近所経由でサインを頼むことの何が悪いのよ。こうして紙とペンまで持ってきたのに」

そう言うと、原は羽織《はお》っていた薄手のパーカーのポケットから、メモ帳とボールペンを出してきた。

途端に寺井の眉尻《まゆじり》がつり上がる。

「せめて色紙でもないわけ？　本当、無理！　無礼すぎっ」

「まあまあ、寺井さん」

「落ち着いて」

今にも掴みかかりそうな勢いの寺井を、中尾と手塚が左右から止めるが、とうの原は何が悪いのかさっぱりわからないという顔をしている。

周囲の空気が、どんどん悪くなっていく。

しかも、そんなときに大荷物を手にした颯太郎たちが揃ってやってくる。

「どうしたんですか？」

――何やら顔見知りが揉めている？

そう思いながら声をかけたのは、よもや自分が話題とは考えもしない颯太郎だった。

「あ、兎田さん」

姿を見た瞬間、寺井はその名を口にしてから「しまった」と口に手を当てた。

「え!?　この方がそうなの？　やだ、すごいイケメンなお父さん。人の噂って、基本外《はず》れるものだと思っていたけど、当たるときもあるのね～。本当、キラキラって感じ」

原は、探していた颯太郎が現れたことに、途端に機嫌をよくする。

だが、初対面でこの発言だ。

その場にいた母親たちどころか、父親たちまで眉間に皺《しわ》を寄せる。

「いや、ちょっと待ってよ。原さん！」

「すいませーん。私、寺井さんのママ友で原って言うんですけど～。ここにちょっと、サインもらえますか？　知り合いが大ファンで～っ」

「原さん！」

こめかみに血管が浮きそうな寺井が止めるのも聞かず、原がメモとボールペンを颯太郎に差し出した。

「えっと……、あの……」

「あ、できれば、二枚お願いしていいですか～。実は私も大ファンで～」

いきなりのことに躊躇《ためら》う颯太郎に、尚も原はグイグイとくる。

「嘘つかないでよ！」

「嘘じゃないわよ~。何、怒ってるの。寺井さん」

今にも血管の一本、二本切れそうな勢いで寺井が叫ぶも、原は笑ってスルーだ。

この状況だけで颯太郎は苦笑いだし、寧や双葉たちは顔を見合わせて、眉間に皺を寄せている。

兄弟一喧嘩《けんか》っ早い充功にいたっては、

「あの、おばさ――」

真っ向から原に食《く》ってかかろうとして、その腕を力いっぱい士郎に引っぱられた。

まるで行きがけの車内での仕返しのようだ。

「お父さん。サインしてあげれば？」

「お前、何言ってるんだよ」

しかも、顔つき一つ変えずに言い放ったものだから、いっそう充功が荒ぶる。

颯太郎たちさえ「え!?」と、目を見開く。

「だってお父さんのファンなんでしょう。寺井さんの知り合いみたいだし。このままだと、寺井さんも困るかなって」

ただ、そんな充功や颯太郎に、士郎は笑顔さえ浮かべて、さらに言い放った。

「そうよね！　ほら、みなさいよ。ありがとう、僕~っ」

「いや、だから士郎くん！　私のことなんてどうでもいいし！」

「でも、寺井さんは僕の友達、大地くんの大事なお母さんだから」

完全に浮かれた原に、激怒している寺井。

しかし、満面の笑みを崩すことなく話し続ける士郎の利き手は、間違いなく眼鏡に向かっていた。

知る人ぞ知る。士郎の感情が動きになったこの癖は、怒りの撃鉄《げきてつ》を起こす合図だ。

そうして、士郎の人差し指と中指が、ブリッジをクイと上げた瞬間、引き金が引かれる。

「それで、おばさん。うちのお父さんに、どの名前でサインしてほしいんですか？」

その場にいた原以外のほぼ全員が身構える――が、何かいつもと調子が違った。

士郎がなぜか、眼鏡を外したのだ。

「!?」

「？」

「？？？」

今では家族でもあまり見ることのない、眼鏡無しの士郎の素顔。

だが、あるとないとでは大分印象が変わるのは確かで、外すと前髪サラサラ、円《つぶ》らな瞳がパチパチな、まるで樹季がちょっとだけお兄さんになったように見える。

そこへ士郎が声色や口調をまるきり樹季に寄せたものだから、周囲には神童士郎がジョブチェンジしたようにしか見えない。

ただ、さすがに樹季の小悪魔なところは持って生まれた個性なのだろう。士郎が真似をしたところで、そうはならない。

それどころか、エンジェル士郎のできあがりだ。

「え!? どの名前?」

「そう。お父さんの名前って、たくさんあるから。ね、お父さん!」

眼鏡を外した意図は、士郎にしかわからない。

ただ、目の前に立つのは非の打ち所のない、ウイーン少年合唱団にでも紛《まぎ》れていそうな繊細な美少年。

そんな士郎に、いきなりペンネームを聞かれても、原はただ焦《あせ》るだけだ。

しかも、こうなると「ね」と、微笑みを向けられた颯太郎など、

「あ、ああ。そうだね」

咄嗟に話は合わせたが、その口元をすぐに手で隠した。

今にも吹き出しそうなのを堪《こら》えたのだ。

なぜなら、現在颯太郎は、全ての仕事を実名でしていた。

しかも、仕事の性質上、名前が担当アニメのエンドロールに載ることはほとんどなく、製作チーム名に含まれている。

ようは、専用のペンネームは持っていないし、仮に本名で求められたところで、颯太郎は世間一般が思い浮かべるような芸能人チックなサインなど持っていないのだ。

仮に、仕事で頼まれて書く機会があったとしても、ちょこちょこっと名前を書いて、最後にお世辞にも上手いと言えない兎《うさぎ》の顔を愛嬌《あいきょう》でつけるくらいだ。

だが、これにしたって、颯太郎自身が小学生の頃から教科書やノートの名前欄に書いていたという〝自分のもの印〟であって、子供たちの幼稚園グッズの名前のあとには、必ず付けていた。

士郎はこれら全てを知った上で、原に〝ないもの要求〟をしているのだ。

ただ、颯太郎が必死で笑いを堪えているのは、そんな事実よりも、やはり士郎自身が理由だ。

いきなり我が子が一人増えたような変身ぶりが、おかしくて仕方がなかったのだ。

そして、これに関しては充功や双葉も同様らしく、一度視線を合わせたきり、肩を震わせながら俯いている。

「え、えっと。そしたら、アニメのお仕事のほうで」

「それもいっぱいありますよ」

「じゃあ、一番有名なので！」

「うーん。よくわからない！　やっぱり僕は、おばさんが一番好きなのがいいと思う！

遠慮しないで、言って言って～」

こうなると、士郎の攻撃はマシンガンだが、内容は水鉄砲だ。

士郎の笑顔が輝き、口調が甘く、人懐こくなるほど、一度は唖然とした手塚や中尾たちも、笑いが込み上げてくる。

唯一、困惑に拍車をかけているのは、理路整然とした口調で大人顔負けの神童士郎が、いきなり壊れたとしか思えない寺井だけだ。

「だっ、だったら兎田さんの本名でお願いするわ」

「え～。それじゃあサインにならないよ？　ただ名前を書くだけじゃ……。うーん。自己紹介？」

とはいえ——。

士郎とて、いつまでもこんな馬鹿馬鹿しいやり取りを、続けるつもりはない。

現状、どこの誰より恥ずかしい思いをしているのは、ニコニコしながら「えへへっ」と笑って見せている士郎自身だ。

だが、ここまで来ると、どうオチを付けようか、またどう持っていこうかと考える。

「それでもいいの！　おばさんは兎田さんの自己紹介メモがほしいの！」

「ふ～ん。そしたら、おばさんのサインもくれるんだよね？」

「は⁉」

「これにサインをください！」

ずっと抱えていたブルーシートを差し出すと、満面の笑みでサインを強請《ねだ》り返した。

さすがにそれはマズかろうと、寧が「あ。俺、手帳を持ってるよ」と、ペンと一緒に差し出す。

寧としては反射的にそうしてしまった天然丸出しの行為だが、これを見ている颯太郎たちからすれば、ものすごい追撃だ。

経緯を知らなければ、兄弟揃って、どんな嫌がらせだと思うだろう。

仮に知っていたとしても、手帳を向けられた本人からすれば、嫌がらせの何ものでもない。

もしくは〝まずい。うっかり変な兄弟に関わってしまった！〟と、感じるだけだ。

「っ……。何、言ってるの。私は普通の主婦よ。サインなんてあるはずないでしょう」

「え～。でも、そしたら本名のお父さんだって、普通のお父さんだよ？　それでもほしい自己紹介なら、交換っこしないと！　ね、お父さん」

だが、寧が便乗《びんじょう》してくれたことで、士郎はこの場に理想的なオチを見出した。

それもあり、今一度颯太郎に「ここは同意してね」と言わんばかりのキラキラな笑顔を向ける。

「ま、まあ……。そう言われたらそうだね」

颯太郎からすれば、「頼むからここで自分を巻き込まないでくれ。大人が爆笑したら、取り返しができない失礼になるよ」と言いたいところだろう。

だが、そこは士郎だって承知の上だ。

しかし、士郎からすると、せっかく寧が天然を炸裂《さくれつ》してくれたのだから、ここは颯太郎にも付き合ってほしかった。

変な兄弟に関わってしまったと思われるよりは、変な親子に関わってしまったと思われるほうが、今後は丸ごと距離を置いてくれるだろうと踏んだからだ。

「――っっっ。も、もういいです。朝から失礼しました」

それでも、颯太郎や周りが必死で笑いを堪えていることには気がついたのだろう。

原はバツが悪そうな顔をすると、踵《きびす》を返した。

若干混乱している風だったが、走って去って行く。

「ぶっ！　うわっはははは！　自己紹介！　自己紹介っ！」

「いや、それより交換っこだろう！　あの士郎が〝こうかんっこ〟って言ったんだぞ！」

すっかり後ろ姿が見えなくなると、充功と双葉がお腹を抱えて笑い始めた。

それに釣られて、周囲の大人たちも笑い出す。

士郎は、そこまで笑わなくても――とは思ったたか、これはこれで狙い通りだ。

最終的に、この場が収まれば問題ないので、「まあいいけどさ」とぼやきつつも、外した眼鏡をかけ直す。

「え？　ええ？」

ただ、寺井だけは未だ状況が理解できていなかった。

「もう、やだ！　士郎くん。いきなり、どうしちゃったのかと思うじゃない！」

「でも、これが前に優音が言っていた〝必殺樹季くん返し〟なのね。いつもみたいにビシッとは言わず、わざとゆるゆるに攻めるっていう。しかも眼鏡まで外して。眼福《がんぷく》だわ」

「――わざと!?　今のがわざとなの？」

はしゃぐ手塚や中尾が発した言葉で、やっとどうにか理解する。

日頃は察しのよい彼女だが、今日ばかりは最初に自分が名指しにされたものだから、憤慨しすぎて、かえって頭が回らない。

それどころか、困惑していたのかもしれない。

なので、ここは士郎がぺこりと頭を下げた。

「すみません。さすがにこれから訓練キャンプだし。ここでいつもの調子でやったら、激怒させるか、どん底まで凹《へこ》ませちゃうと思ったので。でも、そうしたら原さんのご家族に迷惑がかかるし、僕自身もいい気持ちはしないかなって――」

「あ……、そうか」

「まあ、この状況でも多少はかかるでしょうけど。でも、そこはお互い様ってことで」

た。

「士郎くん……」

ようやく士郎の意図がわかると、寺井は納得はしたが、同時に申し訳なさそうな顔をし

ただ、それは手塚や中尾と言った他の大人たちも一緒だ。

この場で原の家族のことまでは、ましてや普段からこうして場を収めてくれる士郎が覚えるだろう後味の悪さまでは、考えが及ばなかったからだ。

「ごめんなさい。本当、迷惑をかけてしまって……」

「いやいや、さすがにそこまでは士郎も考えすぎだって。頭がいくつあっても足りなくなるし、そのうちオーバーヒートするからやめろ。考えるなら自分と、せいぜい目の前の相手だけにしておけ」

「……充功」

すると、今度は充功が士郎に対して言い放つ。

「それに、お前に嫌な思いをさせるくらいなら、父さんや俺たちがドきっぱり断る。それでお互い気まずくなって機嫌が悪くなっても、これこそ各家庭内でどうにかすればいいだけだ」

充功としては、呼吸をするように他人に気を回す士郎が心配なのだろうが、同時にこれは彼の性格であり、考え方だ。

何より、どんなに機転が利く神童だろうが、士郎は弟であり自分たちという兄もいる。

ましてや家長の颯太郎がいるのだから「たまには丸投げして見てろ」とも、言いたいのだろう。

さんざんエンジェル士郎にウケてしまったあとではあるが——。

「それに、おばさんが謝る必要もなし。だってさっきの人、おばさんの友達でも、何でもないんだろう」

しかも、士郎に言い放ったあとは、そのまま視線を寺井に向けた。

充功にしては珍しいことだ。

「え？」

「だから——。ママ友とは言っても、ただ近所に住んでる子供を持つ主婦同士。俺からしたら、たまたま町内にいる同級生くらいの関係でしょう。そりゃ、用があれば話はするけど。でも、その程度の仲であれこれ頼まれたり、尻拭いして謝らなきゃならないとか、マジで無理。勘弁してくれってレベルだし」

どうやら充功としては、ここで巻き込まれただけの寺井には謝罪をしてほしくない。

それによって、変な形式ができることそのものが嫌だったようだ。

「もちろん。実は友達で……とか言うなら、逆に俺たちが謝らないといけないけど」

「……っ」

だが、いずれにしても話の流れが速すぎてか、もしくは当事者すぎてか、寺井は充功の話を受け止めるのに精一杯だ。

しかし、すぐに「それもそうよね～」「だろう！」とならなかったために、今度は充功が慌ててしまう。

「――ってか、すみません！　お友達でしたか？　なんか、たまにありますもんね。しょうがないな～って言いながらも続く、腐《くさ》れ縁《えん》みたいな関係！」

思い出したように謝り始めた充功を横目に、今度は士郎が額に手を当て、ため息を漏らしている。

（いや、充功。腐れ縁って悪縁のことだよ。切りたくても縁が切れないことで、これこそ本当のお友達に使ったら失礼だって。なんか〝腐っても鯛《たい》〟みたいな、いい意味で覚えてるんだろうけど）

これこそ、しょうがないな――だ。

とはいえ、寺井にはちゃんと通じたようだ。

「――いえ。そう聞かれたら、確かに違うわね。少なくとも私の中では、ご近所の奥さんだし、向こうだって本当はそうだと思う。子供同士の学年だって違うしね」

ようやく、彼女にも心からの笑顔が浮かんだ。

「よかった～っ。なら、これでおしまいってことで。な、士郎」

安堵した充功に背中を叩かれ、

「う、うん」

とりあえず士郎は同意した。

見れば、充功の背後から双葉が顔を覗かせ、「ここは頷いておけ」とアイコンタクトを送ってくるし、寧や颯太郎も「そうだね」と笑っていたからだ。

「うわ～。事実過ぎて刺さるわ～。たまにズバッと言ってくれるのよね。充功くんも」

「――ですね。でも、基本面倒見のいい充功くんに言われたら、これはこれですごく説得力がありますものね」

それでも日頃から「みんな仲良く」「誰とでも仲良く」を口にすることの多い母親たちにとっては、なかなか目の覚めるようなやり取りだったようだ。

手塚と中尾、またこの場にいた大人たちも、こればかりは――と顔を見合わせては、うなだれていく。

所詮綺麗事《きれいごと》だとは思っていても、本音と建て前はある。

こうした現実を知るからこそ、みんな誰とでも仲良くの理想を持ち続けていたいのも、また本心だ。

「それにしても、名前どころか肩書きさえよくわかっていない人のサインをもらって、何が嬉しいんだろう」

「さあ？　そもそもサインとか、興味ないからな」

そんな中、寧と双葉が心底から首を傾げた。

するると、士郎が一度預かった手帳を寧に返しつつ、

「それは、頼まれたことをして、まずはその知り合いを喜ばせてあげる。すると感謝されて、自分も鼻が高いし気持ちがいい。でもって、知り合いが求めるんだから、きっとこれには価値がある。自分用に手に入れたらラッキーかも？　ついでに、これで今日から寺井さんを介さなくても、私と兎田さんはお友達よね。私、人がサインを欲しがるような著名人に知り合いがいるのよって話題も一つ増えて、いいこと尽くし。とかなんじゃない？」

これまた、何事もなかったように、さらっと言った。

「――――え!?　サイン一つにそこまで考えるの？」

「考えるというよりは、自然にポンポン思いつくタイプなんじゃないかな？　だから事前に行動を起こしたときのデメリットを考えない。これをしたら相手から失礼な人の烙印《らくいん》を押されるとか、今後避けられるとか。そういう自分に不利なネガティブ思考がないから、常に前向きな発想しか出て来ないんじゃないかな？　まあ、ポジティブはポジティブなんだと思うよ。人によって、合う合わないがあるだけで」

驚く寧に、尚も答える。

これはこれで士郎の感想であり、分析なのだろうが、頭から原のようなタイプを否定は

しない。

好き嫌いも口にしない。

ただし、自分の身内や関係者に絡んで来たら、容赦なくガブッと噛みつくだけだ。

しかし、「うわ、無理」となったら、顔にも態度にも出す充功からすれば、

「結局、自分勝手なだけだろう」

「充功」

これもまた正直な感想なのだろうが、声にしたことで颯太郎からは諫められる。

何をきっかけに悪口陰口大会になるかわからないし、すでになっていてもおかしくない状況だからだ。

「まあ、思い出してみれば。原さんって、前からミーハーなところがあるからね。しかも、その勢いで息子さんをアイドル事務所に突っ込んだとかなんとかって言っていた気がするし。もともとサインとか芸能界とかが好きなのかもね」

颯太郎の「ここはもう、流しましょう」という目配《めくば》せもあり、寺井も「無礼者」から「困った人」程度に切り替えることにした。

士郎の分析もさることながら、もとからこういう人だったと思えば、今後の付き合い方を変えればいいだけだ——と、納得したのだろう。

「ねぇ。いつテント作るの？」

「なっちゃも～っ」

「バウ」

そこへ待ちかねたように、武蔵や七生が問いかけた。

「あ、そうだった！」

「ごめんごめん。準備を始めよう」

思いがけないところで立ち話となってしまったが、これには颯太郎や寧たちも慌ててしまう。

「ところで兎田さん。今日は、まさか徒歩で？」

「いえ。学校裏の佐竹《さたけ》さんが、よかったら一台入れるんでって声をかけてくれたんです。なので、今回は武蔵と七生もいるので、お言葉に甘えさせてもらいました」

「それはよかった」

「佐竹さん、ナイス！」

すでに準備が終わった周囲の旦那衆も、ここぞとばかりに「手伝いますよ」と動いてくれる。

「手塚さーん。寺井さーん。今、手空《あ》いてる？」

「はーい。行きます～」

そうして二人に声がかかると、

「じゃあ、またあとで」

「こちらからも顔を出しますので！」

「お待ちしてま～す」

手塚と寺井もすっかり笑顔で、この場から走り去った。

「――にしても、到着早々これかよ」

それでも若干不満が残っていたのか、充功がぼやいた。

「これかよってほどでは、ないんじゃない？　士郎がうまく断ってくれたし」

手帳を出すという追撃ファインプレーを見せた寧は、過ぎてしまえば気にしない――というよりは、無かったことにしてしまうタイプだ。すでに笑って準備をしている。

と、ここでいきなり樹季が動いた。

「士郎くん。士郎くん。僕、士郎くんのサインならほしいよ。きっとみんながすごーいって言うと思う！」

「樹季？」

「はにほへたろうのサインまでついてたら、もっとすごーいって喜ぶかも！」

「は!?」

「でしょう！　ね、優音くん」

「――だよね！」

何かと思えば、樹季は樹季なりにサインなるものから、思考を巡らせていたようだ。

そして、これこそが「いいこと思いついた！」だ。

世紀の発見でもしたかのように、士郎にまくし立てつつ、優音にまで話を振る。

まさに、絶対に自分の意見を否定しない相手を選んでいる証だ。

士郎にとっては、どうでもいい話だが、こういう選択は素直に感心してしまう。

「樹季は直感で話してるんだろうけど。さらっと打算的かつ的を射てるのがすごいな」

「末恐ろしい」

双葉や充功も、聞き耳を立てつつ、これこそ失笑だ。

「しろちゃん！　サインって美味しいの？」

「うんま～？」

「バウバウ」

そしてこうなると、空気を読む力こそ長けているが、まだまだ食欲直結思考な武蔵と七生、エリザベスが何もかもを浄化していく。

「武蔵と七生、エリザベスの安心感は絶対だな」

「間違っても、直ぐ上の二人のは見習うなよ～」

「それをお前が言うなって！」

「ちっ」

これには双葉と充功も笑いを取り戻す。

「ほらほら、みんなも手伝って。自分の荷物をテントに入れて」

「はーい」

とはいえ、一泊二日の避難所生活体験は、まだ始まってもいなかった。

しかも、百世帯弱、総勢四百人近くが参加するうちの二割が初参加であることを考えると、

(こればかりは体験じゃなくて、訓練だよな)

士郎は密《ひそ》かに微苦笑を浮かべてしまった。

＊　＊　＊

〝それでは避難所生活体験を開始します！　参加案内にも書きましたが、皆さんはご自宅からこの指定避難所へ逃げてきたという設定です。また、日頃から準備のよい皆さんは、この場で一夜程度を過ごせるテントや防災グッズなどは、しっかりご自宅から持ち出していています。まずは、救援物資が到着する予定の設定である明日のランチまで、お手持ちの品々《しなじな》で凌《しの》いでください。ただし火気は厳禁です〟

ワンワン翻訳機に追加設定した時計機能の数字が十一時になると、自治会の実行委員長

から体験開始のアナウンスが響き始める。

〝そして、忘れたものを取りに行く、買いに行くといった行為もいっさい禁止です。ここはあくまでも自宅から逃げてきた避難所、すぐには自宅へ戻れないことを意識してください。ただし、早急の用ができた場合は、完全に離脱。撤収《てっしゅう》して、ご帰宅されても大丈夫です。ただ、必ずそのむねを担当役員に伝わるように、連絡をお願いします！〟

しかし、士郎だけはエリザベスを連れて家族から離れ、学校裏の小高い山の中にいた。

ここには光り物が大好きな大カラスが巣を作っていると、知っていたからだ。

「学校が君のテリトリー内だってことは知っている。けど、今日は大勢の人がいるから、絶対にキラキラを見つけても持っていったら駄目だよ。中には怖い人間もいるからね」

木の枝に、ハンガーや針金などの廃材を集めて作られた巣の中には、これまで大カラスが収集してきた光り物が入っている。

おそらく避難所体験に持ってきたキャンプ品の中には、陽の光を弾いて光るものがたくさんあるだろう。

だが、万が一にもそれを喜び勇《いさ》んで取りに向かった日には、それ相応の騒ぎになる。

そもそもカラスは賢いので、これはしないだろう――とは思ったが、そこは用心に用心を重ねた上だ。

「お願いだから心配させないでね！　約束してね」

士郎は、自分の言葉が通じるかはさておき、巣から顔を覗かせる大カラスに向かって声をかけた。

「エリザベスからも伝えて」

「バウバウ！　バウ！　バウ～ン！　バウ」

エリザベスにも同じことを伝えてもらう。

「カァ～」

「バウバウ」

（え!?　待って。確か、この吠え方って）

ただ、これもまた実際に通じているのかどうかはわからないが、士郎はとりあえず翻訳機でエリザベスの言い分を確認してみた。

すでに翻訳機無しでもわかるようになってきたが、四センチ四方の画面には「ご褒美」「ササミ」と表示されている。思った通りだ。

「ちゃんと言うことは聞くから、代わりにおやつをよろしくねってこと？」

「バウ！」

「そう。俺にもよろしくって。ちゃっかりしてるな、エリザベスも」

それでも士郎が上着のポケットに入れてきたササミのおやつを取り出すと、大カラスが巣から舞い降りて、エリザベスの頭に止まった。

士郎は広げられた翼の大きさに、一瞬だけ身構えてしまったが、それでもササミのおやつを差し出すと、大カラスはそれを咥えて巣に戻る。

心なしか機嫌もよさそうだ。

(これなら安心か)

士郎は「カー」と一声上げた大カラスを見ながら、胸を撫で下ろす。

と同時に、エリザベスを介してではあるが、意思の疎通ができていることに大きな喜びを覚えた。

「バウ」

「ありがとう。エリザベス」

エリザベスも士郎の役に立ち、またご褒美のササミのおやつを貰って、とても嬉しそうだ。

また、この間も——、

〝中には初参加のご家庭もあれば、初回から参加している経験豊富なご家庭もあります。各家庭、備えに差が出てしまうかもしれませんが、そうした場合は、今回はグッと我慢し、どうか今後の備えの参考にしてください。そして、これを機に初めて顔を合わせる方々も多いかと思いますが、同じ避難者同士です。ぜひとも協力し合い、思いやりの心を持って、円満な避難所生活を成し遂げてください〟

――などと、アナウンスは士郎の耳にも届いている。

「じゃあ、戻ろう」

「オン」

そうして、士郎がエリザベスと共に校舎の裏山から裏庭を通って校庭へ戻ると、

〃また、ここから明日のランチ前までは、われわれ実行委員も同じ避難者となります。全員腕章も外しますので、そこはご理解のほど、よろしくお願い致します。以上〃

丁度、全てのアナウンスが終わったところだったが、妙にざわついている家族が何組もいた。

「え？　それって率先して誘導してくれる人が、一目《ひとめ》でわからなくなるってこと？　仮に離脱、撤収しなきゃってなったときには、どうしたらいいのかしら？」

これこそ手塚や寺井が言っていた、詳細を未読か、深く理解しないまま参加してしまった者たちだ。

特に母親と思われる女性に多いのは、子供に頼まれて参加を決めている。

また、そうしたときの担当が、やはり主婦の仕事として根付いている習慣の家が大半だからだろう。

そのためか、一緒にいる父親の反応を見ると、その家庭の内情がかなり出てしまう。

一緒に考える父親、自分から周りに聞きに行く父親、最悪は「どうしてそんなこともわ

かっていないんだ」と怒り出す父親などだ。

そして目の前の父親は、二、三歳くらいの子供を抱えて、まずは一緒に首を傾げていた。

母親の手には、参加のしおりが持たれている。

なので士郎は、エリザベスのリードをしっかり握り締めて近づくと、

「撤収の場合は、周りのテントの方に言伝《ことづて》を頼むか、直接委員さんに電話するかで大丈夫ですよ。委員さんたちの電話番号も、しおりに載ってますから」

「そうなの？　あ、本当だ。見落としていたわ」

「君、ありがとう。今回は周りに知り合いもいないし、助かったよ」

「どういたしまして」

声をかけてにっこり笑い合った。

相手は士郎の顔を知らず、また士郎自身も初めて見る家族だったことから、彼らは夢ヶ丘町の家族だろうと判断した。


今のようなケースはまだいい。

ただの見落としで、まったく問題は感じられなかった。

同伴していた子供もまだ小さいし、万が一を考えて疑似《ぎじ》体験をしておこうという心意気

さえ感じられる。この行事の意図をきちんと理解した初参加者だ。

しかし、数メートル歩いた先で士郎は、またもや初参加者と思われる家族を目にする。

それも、テントの位置が抽選のため、無理解な者同士で隣り合ってしまったのだろう、悪い意味で盛り上がっているケースだ。

「本当、何の冗談ですよね。普通、来れば誘導して貰えると思うし。ましてや参加費を支払ってるんだから、軽食くらいは出るって思っちゃいますよね」

「そうよね。初参加者に対して不親切すぎるわよ。途中で家にも帰れないなんて、聞いてないし。うちなんて水分とおやつくらいしか持ってきていないのに――」

「うちもですよ。子供行事なのに、酷いですよね。これって、夜になったら食事をしに帰るしかないのかな？　もしくは近くのコンビニかしら？」

「でも、それって離脱扱いになるんじゃない？　基本、帰れないって言ってたし」

「それなら最悪、撤収しかないですよ？　だって明日の朝もなんて――無理です」

「確かにね」

わからない者同士で創意工夫しようとなればいいが、大概が自分を擁護《ようご》するように相手を擁護して意気投合するので、高確率で離脱撤収へ話が進む。

どんな内容であっても、仲間がいるのは心強い。普段以上に気も強くなるのだ。

士郎は口にこそ出さないが、

(いや、そもそもこれは大人用の行事だから。いざってときに、どうやって自分や家族を守っていくかを考えましょう。楽しく備えましょうっていうコンセプトだし。撤収しちゃったら、それこそ不自由体験さえできないし、もったいないのにな……)

俯《うつむ》いてしまった。

先ほどのように、自分から声をかけることはしない。

なぜなら、真っ先に自分を棚に上げて言い訳から入るタイプは、士郎の体験統計的に理不尽だ。自分に甘い分だけ他人に厳しくが、ものの見事に比例する。

とはいえ、この場を通り過ぎることができない。

愚痴で盛り上がる母親たちを見なかったことにできても、側に立っている子供たちと目が合うと、これを無視はできないからだ。

「あ！　士郎くんだ。エリザベスも」

「お願い助けて、士郎くん。これから何をするの？　どうしたらいいの？　私、帰りたくないよ」

「私も、明日の炊き出しが楽しみだし。友達と遊ぼうって約束もしてるのに、ママは話が済むまでここにいなさいって言うし」

声をかけて来た女の子たちは、顔だけは校内で見た覚えのある五年生と六年生だった。

名前まではわからないが、相手のほうは士郎のことを知っている。

これに関してはよくあることだが、母親から出た「離脱」「撤収」の言葉に、かなり動揺していた。

なので士郎は、まずは聞いてきた子供たちに向かって話し始める。

「えっと……。参加中の過ごし方は、申込書が付いていたカタログや、その後に配布された当日のしおりに全部書いてありますよ。とはいっても、ここからは各家庭で考えてきたことをしながら、明日まで過ごすってだけですけど」

「――え？　各家庭でって。それ、本当なの士郎くん」

「ちょっと待って。こういう子供行事って、なんかこう。タイムスケジュールで、あれこれ催《もよお》しがあるんじゃないの？　明日の昼まで食事がないだけでなく、そういうのもいっさいないの？」

するとそれを耳にした母親たちのほうが返事をしてきた。

ここぞとばかりに、質問をぶつけてくる。

「はい。そういうのはまったくないです。基本は、保護者向けの体験行事なので。ただ、明日のランチだけは、みんなで炊き出しをして食べるので、強《し》いて言うなら、そこがお楽しみ時間です。でも、それまでは実行委員長さんも言ってましたが、全員避難者として手持ちの品々でやり過ごすだけです」

士郎は淡々と事実を答え続けた。

この分では、自分のテントへ戻るまで何組の親子から引き止められるか、もしくは自分から足を止めることになるのかわからない。

だが、まずは困った人がいたら自分にできることはする。

初参加のときから士郎は、そういう考えを持ってきた。

特に、この手のルール説明に関しては、どんなにここへ来てから納得しても、相手の持ち物は変わらない。離脱、撤収しない限りは、一泊二日の不自由生活に突入するのがわかっている。

ただ、これらを踏まえても本人さえその気になれば、過ごし方を変えられるからだ。

「葵《あおい》。どうして避難訓練なんて名前だけで、校内キャンプと似たようなものだなんて言ったの？　保護者がいないと参加ができないけど、テントの準備だけして付いてきてくれれば、それで大丈夫って言うから。お母さん、丸ごと信じてきたのよ」

「え～。だって、みんながそう言ってたから」

「――」

「結花《ゆうか》ちゃん。子供用の行事がないのはまだいいとして、どうして明日の昼まで食事が出ないことを言わなかったの？」

「だって、去年参加してた子たちが、炊き出しが楽しいって言ってたから。それに、申込書はママが読んで書いてくれたんでしょう？　私、読んでないから知らないよ」

「――」

それでも、似たもの親子とはこのことだった。

しかし、頭から勘違いをして不親切だと意気投合していた母親たちは、事実を知ると一瞬黙り込んだが、互いに顔を見合わせた。

次の瞬間、意を決したように揃って士郎を見てくる。

「ごめんね、士郎くん。そしたら、改めて聞いてもいい？　士郎くんやそのご家族は、これから何をする予定なの？」

「お父さんは？　子供や大人を集めて、何かするの？」

かなり低姿勢だった。

ただ、自身の間違いに気付いたと同時に、こうしてすぐに気持ちを切り替える相手に対しては、士郎の第一印象もガラリと変わる。

にっこり笑うと、

「えっと、うちのお父さんは、先に僕らのおやつだけ用意をしたら、昼寝をするんだって言ってましたよ。でもって夜になったら、用意してきた非常食を食べて、団欒《だんらん》をして。その後は子供を寝かしつけながら、また朝までぐっすり寝られるって、嬉しそうでしたけど」

少しでも相手が安心できるように、軽い口調で答えた。

「え？　それって寝るばっかりなの？　士郎くんのお父さんなのに？」

「町内どころか、周辺の地域でも知らない人がいないくらい、こうした行事には活動的な兎田さんが、率先して何かするとかもないの？」

するると、母親たちは意表を突かれたのか、そうとう驚いていた。

「はい。昨夜も仕事で遅かったので。でも、そういう方は、意外と多いと思います。特にしたいことがなければ、食事にかかる時間以外は、だらだらゴロゴロして過ごす――みたいな。もちろん、お子さんやペットの世話だけはきちんとしますが」

士郎からすると、何を驚くことがある？　と思うが、一家揃って下手に知名度がある分、勝手な印象で見られていることが多々あるのだろう。

特に颯太郎は、子煩悩《こぼんのう》で主夫業も完璧にこなすとあって、母親たちのみならず父親たちから見ても理想の父親であり夫だ。

必要以上に美化されてしまうのだろうが、だからといって家族の中でゴロゴロするくらいは、普通のことだろう。

それだって、急な仕事メールが一本入れば、颯太郎は起きて作業しなければならない。

そのための準備までしっかりとして、ここへ来ているのだから――。

「なんだか、よくわからないわ。これのどこが避難訓練なの？」

「意味がわからないですよね。校内キャンプじゃないなら、なおのこと」

ただ、ここまで説明したにもかかわらず、母親たちが本気で頭を抱え始めると、士郎は改めてハッとした。

「いいえ。これは避難所生活体験ですよ」

「だから、避難訓練でしょう」

「いいえ、違います。避難訓練は災害時に逃げる、安全な場所へ移動するといった行動そのものの訓練です。でも、この避難所生活体験は、あくまでも避難所に来たことを想定して、そこでの生活を疑似体験してみましょうってだけです」

「避難所での疑似体験?」

そう、彼女たちの誤解の根幹《こんかん》が、そもそも「避難や校内キャンプはこうあるべき」というイメージに囚われすぎているからだと気付いたのだ。

そう考えると、「校内キャンプと似たようなもの」という子供たちの説明はそこまで間違ってはいないが、誤解しか生まない。

「そうです。だから火器の持ち込みも厳禁だし。いざ、そういうことになったときに、どうしたら自分や家族が一番落ち着いて過ごせるか。プライバシーがあってないような集団生活の中で、いかにストレスを回避、軽減できるかを考えたり、見つけるための一泊二日体験なんですよ」

「え～」

「そうだったんだ。でも、一泊二日で、さすがにそれは無理じゃない?」

「そうよね。何日も泊まるなら、プライバシーがどうこうってなるかもしれないけど。テントで一日過ごすだけでしょう」

　ようやく理解をされて、士郎もホッとする。

　そして、ここまで納得ができれば、あとは簡単だ。

「そうでもないですよ。こういうことに慣れていない方や、行事の主旨《しゅし》を明確に理解できていないまま来てしまった方々は、二十四時間程度でもストレスを覚えます。おばさんたちも話を取り違えていたとはいえ、少しイライラしていたでしょう？　そういうのも、どうしていいのかわからないっていう怒りとか不安からのストレスの表れですから」

　当人に自身を見返し、気付いてもらうだけだ。

「――あ。そういうことなのね」

「言われるまでもなく、委員長の挨拶を聞いただけで、イライラして愚痴ったわ」

「ご飯を食べに、離脱撤収まで言ってしまいましたしね。でも、これが本当の避難だったら、救援物資がいつ届くかもわからない――なんてこともあるわけだし」

「本当。そもそも帰宅できないって、そういう事態を想定するってことだものね。ありがとう、士郎くん。よくわかったわ」

「いいえ。どういたしまして」

　母親たちは、ようやく理解し、納得してくれた。

これなら離脱、撤収はないだろう。

士郎が葵と結花「大丈夫そうだよ」と告げると、二人揃って「やった！」「よかったね」と喜び合っている。

しかも、すぐにエリザベスが動こうとしなかったので、何の気なしに振り返ると、

「夕飯と朝ご飯、どうします？」

「事情を説明して、ママ友たちに子供の分だけでも頼むしか。親は自業自得だし――、って、あなた！　どうして惣菜《そうざい》パンなんか、リュックから出してるの!?」

今後を相談していた葵ママが、いきなりテントの中に向かって叫んだ。

「え？　どうしてって、お菓子よりこっちのが好きだから。自分用のおやつに持ってきたんだけど。駄目だった？」

「えらい！　でも、それは子供の夕飯と朝食ね。大人は我慢して。没収《ぼっしゅう》よ」

「えーっ!?　俺の焼きそばコロッケパン！　全部没収!?」

猛進して行ったと思うと、両手に惣菜パンを四つほど持って戻ってくる。

新たに困惑する旦那さんがテント内から現れたが、見るからに優しくて大人しそうなタイプ。彼ならいきなり没収されても、揉めることはなさそうだ。

「はい、これ。お子さんに」

そうして葵ママは、四つある惣菜パンの二つを結花ママに手渡した。

見た限り、どちらも親子三人だ。惣菜パンが四つあれば、多少は両親の口にも入るだろうが、ここは子供が最優先の選択だ。

「えっ、いいんですか？」

「お菓子もあるし、私はダイエットだと思えば」

「すみません。そうしたら、私もダイ——あ！　そうかダイエット。うちの主人は、健康オタクで、プロテインバーとかサプリセットが手放せない人なんです。絶対に今日も持ってきているはずので、そしたら物々交換で。多少でも栄養補給できるでしょうし」

そう言うや否《いな》や、今度は結花ママが動いた。

自分のテントへ入ると、問答無用で旦那から手持ちのプロテインバーやらサプリメントを没収したらしい。

何が起こったのかわからないまま、ちょっと厳ついボディビルダー系の旦那さんが、やはり困惑して「え？　え!?」と言いながら出てきた。

だが、見た目に反して恐妻家なのか、惣菜パンの旦那さんと一緒になって、完全に諦めムードだ。

お互いに顔を見合わせると、ペコペコ頭を下げ合っている。

そして、結花ママはと言えば、プロテインバーと携帯用に小分け包装されているサプリメント、更にはスティック状の青汁粉末《あおじるふんまつ》まで持ってきて、その半分を葵ママに手渡していた。

「ありがとう。やだ！　これで栄養分だけなら完璧じゃない。でも、ようは、こうして助け合いで凌げってことよね」

「本当ですね――。あ、よかったら連絡先も交換してもらえますか？　葵ちゃんママでしたよね」

「こちらこそ。結花ちゃんママ。これを機によろしくね」

最後はお互いにスマートフォンを取り出して、再び立ち話に花を咲かせている。

この分では、特にやることがなくても、明日の解散まで楽しくおしゃべりでもしていそうだ。

「ありがとう、エリザベス。これは見せてもらって、すごくよかった。嬉しいよ」

「バウ」

とはいえ、こうして想像もしなかった好転を目にすると、士郎は対応して心からよかったと思った。

エリザベスの頭を嬉しそうに撫でる。

「オオン♪」

これこそが避難所体験で得るべきことだ。

もちろん、これはたまたま上手くいったケースであって、過去には本当に怒って帰宅した者たちも見たことがある。

ただ、それはそれで反面教師にするという貴重な体験だ。

だからこそ、人生の一秒一秒に無駄はない。

すべてが笑顔に通じていると、士郎は改めて信じたいと思った。


「あ、士郎！」

「士郎く～ん」

そのままエリザベスを連れて歩き出したところで、今度は子供たちに呼び止められた。

「さっそく相談役で解決？　それも大人たちのなんて、すごいね」

「さすがは士郎くん」

「さっきはうちのお母さんも笑顔にしてくれて、ありがとう！」

「本当！　やっぱり俺の大親友だよな！」

どうやら近くで見ていたらしい。

嬉しそうに声をかけてきたのは、士郎の同級生たちだった。

「勝《まさる》くん、星夜《せいや》くん、大地《だいち》くん。晴真《はるま》はもう、サッカー部の練習は終わったの？」

山田《やまだ》勝、青葉《あおば》星夜、寺井大地は今年に入ってから仲が良くなった四年二組のクラスメイトで、手塚晴真は先ほどの中尾優音《はると》と一緒で一組の生徒。ただ、付き合いだけなら、ここへ越してきたときの園時代からと、一番長い。

いつの頃からか、口癖のように「親友」を連呼《れんこ》しており、また士郎がそれを否定したことがないため、晴真が士郎の親友だということは周知されている。

四年生ながら体格もよく、すでにサッカー部ではエースストライカー。やんちゃながらリーダーシップにも長《た》けた少年で、物事を理詰めで見ていく士郎とは、いろんな面で正反対だが、それがいいようだ。

お互いにないものを持っている。

ただ、こうして声をかけてくるのは、いずれにしても子供なりの問題を抱えたときに士郎に助けてもらったことのある子供たちで。

士郎の周りは、家でも外でも常に賑やかだ。

「おう！　なんか非常事態発生で、参加者はこれから避難開始！　みたいなノリで、早めに終わったんだ。それで家に帰って、シャワー浴びて来るって、どこが避難なんだよって、大笑いしてたんだけどさ」

「それはそうだね」

また、晴真たちの背後には、練習が終わって参加してきた面々が控えていた。

中には勝の従兄弟《いとこ》で六年生の源《みなもとしょうご》 翔悟もいる。

彼は夢ヶ丘小学校サッカー部のエースで、成績も優秀な上、ルックスまでよいとあり、夢ヶ丘男子の間ではスーパーマン、女子の間では王子様的な存在だ。

「士郎。久しぶり」

「お久しぶりです。翔悟くん」

「今日って、飛鳥龍馬《あすかりようま》は参加してるの？」

「どうでしょう？　飛鳥くんはずっと練習みたいだから」

「そうか――。やっぱりプロのジュニアチームってなったら、余程のことがないと、休むこともないよな」

「かもしれないです」

そうして何気なく名前が出た飛鳥龍馬は、四年三組の生徒で希望ヶ丘女子の王子様的存在だ。不思議なもので、一学年に一人は難しくても、二、三学年に一人は、こうして目立つ生徒がいる。

それでも地位的に目立つとなると、今のところは兎田家が独走中だ。

子供たち自身の個性が強いだけでなく、子供の数だけ横繋がりがある。何かと話題が絶えないからだろうが――。

「あ、士郎くん！　みんな！　今、いい？」

すると、ここへ更に同級生の女子、仲良し四人組が寄ってきた。

先頭を切って声を発したのは、同じクラスの浜田《はまだ》彩愛《あやめ》。四人とも薄手の手提《てさ》げを持っていたが、中でも一番大きなエコバッグを持っている。

「何？　どうしたの」

「あのね！　パパが会社から非常食をたくさんもらってきたの！　パッケージが新しくなったから、これは前の奴なんだけど。でも、普通に食べられるし。お水を入れたらご飯になる、宇宙食にもなったやつだから。よかったら、夕飯のときにでも味見してって」

そう言うと、エコバッグの中からアルファ米《まい》の非常食を取り出して、一人に一食ずつ配っていく。

四人の女子たちが、まるでサンタクロースのようだ。

「宇宙食？」

「すげぇ～っ」

「ありがとう。浜田」

今はこの手の非常食も豊富にあるが、それでも宇宙食として採用されたブランド力は特別だ。

その場にいた男子たちの目が、明らかに輝いたのがわかる。

また、かなりの数を持ち込んだのか、女子の一人が夢ヶ丘の男子たちにも配っていた。

そうして、士郎にも「はい」と、まずひとつが手渡される。

「そう言えば、浜田さんのお父さんは寺田食品の営業さんだもんね」

「うん！　でも、今日はママも張り切ってお弁当を作ってきたから、パパはそれを食べるんだって」

「そう。それはよかったね」

「あ、士郎くんのところは大家族だから、味見だけでもたくさんいるよね。あと、二つで足りるかな？」

そして、更にもう二つ。

だが、手の中に三つ――となったことで、士郎は思い切って切り出した。

「ありがとう。あ、でも、うちは一口づつでも充分嬉しいから。もし、よかったら、非常食を忘れてきちゃった家に、ここから二つ譲って上げてもいいかな？」

さすがに、浜田の知り合いでもない相手にまで、できたら分けてあげてくれる？　とは聞きづらかった。

しかし、周りより余計にもらった中から「いいかな？」と相談する分には、そこまで気に障ることもないだろうと考えたのだ。

「え！　避難所体験なのに、一番大事なご飯を忘れてきたの？」

すると浜田は、「嘘」と言わんばかりに驚いた。

だが、それはそうだろう。体験を理解している参加者からすれば、何を忘れるよりも有り得ないことだからだ。

「うん。初めて参加で、今日から炊き出しをするって勘違いしてたみたい。仕方ないから、おやつで凌ぐって言ってたんだけど……」

「それは大変。いいよ！　パパは誰にあげてもいいよって言ってたし。そのお家って、何人家族なの？」

一応、士郎が説明すると、浜田は快諾《かいだく》してバッグの中に手を突っ込んだ。

「三人家族が二組」

「そしたら、ここにあと四つあるから、六つになる。一人に一つずつ上げられるよ。家のテントに戻ればまだあるから、まずはこれごと持っていってあげて！」

数が丁度よかったこともあるのだろうが、浜田はエコバッグごとくれた。

これには士郎も驚いてしまう。

「いいの？　こんなにたくさん。それにエコバッグまで」

「うん！　どこの家か知らないけど、士郎くんがお助けするなら、私も喜んで協力するよ。私も前に士郎くんに助けられたし、その家族はどっちかって言ったら、私の助けられ仲間だしね」

「ありがとう。浜田さん」

まさに、情《なさ》けは人のためならず——だった。

犬も歩けば棒に当たるように、士郎も同級生たちのトラブルに当たってきた。

だが、そこで真摯に対応してきた結果、こんなところで手助けが増える。

「あ、でも！　そのエコバッグには、会社のログマークがついてるから、そのまま士郎くん家で使って、パパの会社の宣伝してあげて」

「――ぷっ！　了解」

さすがは営業マンの娘だけあり、士郎が思わず吹き出すくらい、浜田もちゃっかりしていた。

だが、ここはもう「なんて父親思いなんだろう！」で納得だ。

「そうなの⁉　そしたら俺んちからも、おかず用に缶詰か何かもらってくるよ」

「私んちも多めに持ってきてるから、お母さんに言ったら何かくれると思う」

「うちも！　取りに行ってくるから、ちょっとここで待ってて！」

「俺たちも行こう」

「おう！」

しかも、この場で話を耳にした晴真たちまで、いっせいに動いた。

この場に士郎と浜田、そしてエリザベスを残して、自分のテントへ走って行く。

だが、翔悟たち夢ヶ丘のサッカー部の子供まで合わせたら、この時点で十人以上が食料調達に走ったことになる。

これなら六人分とはいえ、それなりの夕飯や朝ご飯が集まりそうだ。

「士郎くん。なんか、給食ない日にお弁当を忘れて、みんなからもらうのに似てきたね」

「うん。全く同じだと思う」

「――え？　姿が見えないと思ったら、食料調達だったの？　そういうことならまずうちに言いなよ、士郎。俺、何があるかわからないからと思って、社割で買った缶パンと小分けジャム、あとスティックコーヒーミルクとか、けっこう余分に持ってきてるから」

「パンパンよ〜っ」

その上、いつまで経っても戻らない士郎を、七生と一緒に探しに来たのか、現状だけを見て勘違いした寧が、この調達に加わった。

しかも七生の手には、すでに缶パンが持たれている。

おそらく普段の生活では見ない缶を見て、気に入って抱えていたのだろう。

「あ、七生。それを士郎に渡して、一緒にここにいて。俺はテントに余分を取りに行ってくるから」

「あ〜いっ」

寧は七生に指示をすると、急いでテントへ戻っていく。

「あい！　しっちゃ」

「ありがとう、七生」

「ふへへへっ」

ちなみに寧は製粉会社の営業マンだ。自社製品で出している非常食なども社割で安く買えることから、備蓄には余念がない。

しかし、ここで寧が勘違いをしたくらいだ。

話を又聞きした者が、若干内容を取り違えたとしても仕方がない。

とはいえ——。

「士郎！　今、話を聞いたよ。母さんが、少ないけどこれを持っていって上げなさいって。カップ麺《めん》って、水でも三十分浸せば食べられるからって」

「うちはミネラルウォーターだよ。学校の水道も使えるけど、一応あったほうが安心でしょう」

限られた敷地の中で、こうした話が広まるのは早かった。

先ほどこの場にいなかったはずの者たちまで、何かしら持ってきてくれる。

「士郎くん。これって気がついたら、すごい量になってるパターンかもよ」

「うん。そんな気がしてきた。もう足りるから大丈夫って、話を広げてもらったほうがよさそうだね」

「それがいいと思う」

しかも、こうなると話が一人歩きしてしまうのは、いつものことだ。

士郎は先手を打って、非常食を届けてくれた者たちに、調達終了を広めてもらうことにした。

するると、これはこれで広まったらしく、途中でピタリと止まる。

話が校内、それも校庭内に限定されていたからだろうが、士郎はそれにしてもすごい現象を目の当たりにしたような気になった。

それでも、もとの話が捩れて伝わった場合はまた別だ。

「あ、士郎！　いたいた。寄りにも寄って、七生のオムツパンツを忘れたとかって、どうしたんだよ。士郎もだけど、お父さんとか寧さんも、なんか疲れてるんじゃないの？　って。うちの母さんも心配してたぞ」

「――え!?」

これには士郎も驚くしかなかった。

幼児用のオムツパンツと携帯用のお尻拭きを持ってきてくれたのは、四年三組で野球部所属の竹内蒼太《たけうちそうた》。士郎とは一年生のときに同じクラスだったが、当時から野球少年だった彼とは、共通点がないので、同級生で顔見知り程度だ。

しかし、用があればこうして話をするし、彼の年の離れた弟は二歳になったばかりで、とても可愛がっているという噂なら聞いていた。

そんな竹内に真顔で心配されたことで、士郎は慌てて否定し、説明をする。

「え～。なんだ、それ！　どこで話が変わったんだろう。ビックリした～！」

「ごめんね。本当にビックリするよね。どこで話が変わったのかな？」

「さっき七生くんがパンパン言ってたから、パンツのことと聞き間違えた子がいたのかもよ？」

　とりあえず一緒にいた浜田が想像を巡らせるも、士郎からすれば「そんなことある？」だ。

　だが、首を傾げる士郎に反し、竹内は安堵したのか笑顔さえ浮かべて手荷物の中からオムツを一つ取り出した。

「でも、何でもないならよかったじゃん。あ、これ。せっかく持ってきたから、一枚七生にやるよ。弟のだけど、似たようなサイズのはずだし。何より、このオムツ。お尻に柴犬の尻尾がプリントされてて、はかせると超可愛いんだ。ほら、七生！」

「きゃ～っ。わんわん！　あっとね～っ」

「気に入ったか。よしよし」

　以前は一人っ子丸出しのタイプだった気がするが、今や士郎たちにも負けない弟溺愛のお兄ちゃんのようだ。

　七生もプリント付きのオムツパンツをもらって、大喜びだ。

「ありがとう。本当に、ごめんね」

「いいってことよ。じゃあな～っ」

そうして、用が済むと去って行く。

七生はもらったオムツパンツを、まるでおもちゃを自慢するように、「みーてー」と、浜田や士郎に見せてくる。

「こんなのあるんだ！　確かに、これをはいたら後ろ姿が超可愛いだろうね。想像しただけで、やばいよ！」

「うん。寧兄さんや双葉兄さんが見たら、間違いなくボーナスやバイト代で買うって言い出しそう」

消耗品の類《たぐ》いは、大袋のお買い得しか買わない兎田家では、見かけることはあっても買うことのない贅沢オムツだ。

ただ、母親が他界している今、パフパフした紙オムツ尻を撫で回せるのは、もはや七生で最後だ。そう考えると、すでに自分で稼《かせ》いでいる兄たちが知ったら、行動を起こしそうな気がしてならない。

なぜなら、士郎でさえ一瞬考えた。

（これって、携帯用のばら売りとかならお小遣いでも買えるのかな？　いや、それなら、この手のカバーパンツを買えばいいのか！）

すぐに理性的かつ合理的な方法に気付いたが、この気の迷いは、これこそ「やばいやばい」だ。

「あ、ここにいたのか。士郎！　お前、いったい誰に何を言ったんだ」

「え？　何」

それにしても、今度は何事だろうか？

血相《けっそう》を変えて走ってきたのは、充功だった。

手には、寧から頼まれたのか、缶パンもろもろが入ったビニール袋を持っている。

「俺のところにスマホの充電器を忘れたんだって？　とか。エリザベスのおやつを忘れたんだって？　って、ここに来るまでに声をかけてくる奴が続出だ。聞いたら、お前が非常食を忘れたって。けど、まさか家《うち》に限ってそれはないだろうと思ったから、きっとこれじゃないかって想像して持ってきたって言うんだが、まったく意味がわからねぇんだけど」

しかし、ここまで話が変わると、もはや創作だ。

実際、気を回してくれた相手の想像なわけだし、士郎からしたら「知るわけない」だ。

「――ってか、充電器は持ってるって断ったが、エリザベスの分はダブってもいいじゃんって言われて貰っちまったんだけど、実際のところどうなんだよ？」

しかも、そう言った充功の手には、しっかり犬用ジャーキーの小袋が握られている。

「それはもう、僕の手に負える話じゃないよ」

「中学生って、すごいね。そういうふうに考えるんだ」

「バウバウ！」

「でも、エリザベスはおやつが増えて嬉しそうよ」

「えったんね～」

「バウ」

こうなると、想定外の頂き物で上機嫌なのは、七生とエリザベス。

あとは、この状況を終始見ていて、最後は手を叩いてはしゃいぐ浜田だ。

「士郎～っ。うちから食料をもらってきたぞ～」

「士郎くん。僕も～！」

そうしているうちに、一度は校庭中に散った晴真や星夜たちが、各々の家から非常食やその代わりになる品を持ってきた。

案の定、ちりもつもれば山となるだが、二家族六人で男親も入るとなれば、まあ足りないよりはいいだろうという量ではある。

士郎たちは、集まった品々を見ると思わずニコリ。さっそくこれらを葵と結花の元へ持っていった。

「え!?　これを私たちに」

「全部くださるの!?　こんなにたくさん？」

すでに明日の昼まではダイエットと腹を据えていた母親たちは、目を丸くした。

「はい。みんなが少しずつくれたので、種類はバラバラなんですけど、けっこう集まりました。ただ、明日の朝もありますし、仮に余っても持ち帰れますから、周りのテントの方と食べてもらっても、全然大丈夫なので」

だが、遠慮や驚きが先立つ母親たちはともかく、娘たちは大喜びだ。

「ママ！　これ、初めて見る。お水を入れたらご飯になるんだって。焼き鳥の缶詰やフルーツポンチの缶詰もある」

「こっちは、パンの缶詰にイチゴジャムとピーナッツバター。水溶きコーヒーミルクまであるよ！　すごい！」

今回が初参加なだけに、こうした非常食自体も初めて見る品が多かったのだろう。

それこそ校内キャンプに来たような浮かれようだ。

しかも、自分用の食材を没収されていた父親たちはと言えば、

「見てください。焼きそばコロッケパンが、缶パンとコンビーフセットになって、戻ってきました」

「すごいですね。俺のプロテインバーは、メーカーが変わって戻ってきましたよ。しかも、かなりマニアックなメーカーの。これ、誰がくれたんだろう。ちょっと話したくなってきました」

「それもまた、すごいですね。子供たちに聞いてみたらいかがです？」

「そうですね」

士郎が集まった品を見たときに、思わずニコリとしてしまったように、想像通りの感動振りだ。

それでも、やはり母親たちのそれには追いつかず――。

「……ありがとう。士郎くん」

「本当に……。みんな、ありがとう」

深々と頭を下げた彼女たちの目には、うっすらと涙が浮かんでいた。

だが、これは嬉しくて仕方のない気持ちから、感謝の言葉とともに出た涙だ。

「どういたしまして」

士郎は、はにかむような笑顔を見せた。

すると、それを目にした晴真たちも、

「やったね」

「うん」

顔を見合わせながら、嬉しそうな笑顔を浮かべていた。

3

夏の日の入りは遅い。

だが、常に幼い子供がいる兎田家の生活習慣、特に食事の時間は、そうそう変わることがない。

「ごっはん♪　ごっはん♪　もうすぐごっはん♪」

「もうすぐごっはん♪」

「うま、うんま〜っ♪」

寧は普段通り、夕方の六時半から七時には食事ができるように支度を始めた。

とはいえ、今夜のメインは非常食だ。缶を開けたり、袋から出したり、水で溶いたりするだけで、準備の九割が終了する。

それでも今年で三度目の体験だ。

寧は過去の経験を生かして、〝いざというときに十分以内で用意して持ち出せる〟をコンセプトにした食事セットを持参していた。

軽量型の保冷リュックを開けると、まずは普段から冷蔵庫に作り置きしている千切りキャベツや人参、大根といった生野菜サラダの大袋詰め。ゆで卵にお塩。

そこへ冷凍保存している鳥むね肉のハム、キーマカレー、味付け焼き肉といったものが加わり、最後に市販の常温保存できるトルティーヤ二十枚入りだ。

これなら保冷剤もお皿も不要で、具材を手巻きで食べられる上に、小洒落《こじゃれ》たパーティー料理っぽくなる。

手巻き寿司が好きなちびっ子たちにも受けるだろう。

仮に、本当に避難であっても、こうした食事があるだけで、いきなりどんよりすることは回避できるだろうというのが、寧の考えだ。

ただし、いざこれが本番となった場合。基本が八人家族で隣家の老夫婦にエリザベスまで含めて考えたら、こうした準備で咄嗟に持って出られるのはせいぜい一食分だろう。

これ以外に、普段から準備している非常食や水などを持ち出すにしても、二日分程度が限界になる。

八人家族に隣家を足しても、大半が老人と小学生以下だ。

避難用に準備された重めのリュックを持って出られるのは、せいぜい颯太郎と寧、双葉、充功までだ。

だが、こうした家族構成なだけに、士郎から七生、エリザベスの非常用リュックの中には、軽量と栄養が重視されたサプリメントやプロテインバー、そして粉ミルクや紙オムツ、カリカリなどが小分けされて入っている。

おやつも小ぶりで栄養補助ができるものに限られ、この辺りの徹底ぶりは、カロリー計算までしっかりしている士郎の提案によるものだ。

しかも――、

「だからいざというときには、これしか持ち出せないんだよ。それだって、本当に大変ってなったら、何も持たずに逃げないと駄目。一番大事なのは、一人一人の命。そして家族全員の命だから。いい？　わかった？」

説得する士郎の気迫に呑まれたためか、樹季や武蔵どころか七生まで、

「はい」

「わかりました」

「あいちゃ」

――で、納得だ。

エリザベスに至っては、「いざとなったら七生を乗せて逃げてね」という特命まで受けている。

さすがにここまで準備万全だと、充功などはおかしくなってきたのか笑っていたが――。

いずれしても、備《そな》えあれば憂《うれ》いなしだ。

その備えさえ、究極持たずに逃げろが幼児まで浸透しているのは、とても心強い。

「寧兄さん。父さんはメールの返事をしに出たきり、まだ戻ってこないの?」

寧が保冷リュックを開け始めたところで、士郎が声をかけた。

「タブレットまで持っていったし、出て行ったときの様子からすると、込み入った内容なのかもね。確認だけでなく、その場で書き直して送るとか——そういう感じの」

「そしたら、僕にも何か手伝わせて。双葉兄さんと充功は、この分だと友達と盛り上がりっぱなしで、まだ戻ってこないでしょう」

「そうだね。そしたら、七生用に持ってきたお粥《かゆ》の温めだけ頼んでもいい? お湯だけ気をつけて」

「はい」

士郎は寧から、市販のお粥のパックを受けると、さっそく温める準備を始める。

テントの隅に置かれた大きなリュックの一つから、円柱型のお弁当箱のような電磁調理器具を取り出した。構造や使用方法は電気ポットと大差が無いが、一合半までのご飯が炊けたり、煮物や即席ラーメンが作れたりという、なかなかの優《すぐ》れものだ。

「士郎くん。僕も手伝う」

「しろちゃん。俺も~」

それを見ていた樹季と武蔵が、興味津々に寄ってくる。

「じゃあ、外でしようか。あ、樹季はこの調理器を。武蔵はこのお粥と水道水の入ったペットボトルを持って、テントの外へ」

「はーい」

「やった～っ」

士郎は先に二人をテントの外へ出すと、自分はリュックの側に置かれた救急箱程度の大きさをしたポータブル電源を持って、テントの外へ出た。

これには七生も興味を持ったのか、準備中の寧から離れて付いてくる。

「うんま～？」

「少し待っててね」

テントの外は、すでに日が沈み始めて、薄暗くなり始めていた。

しかし、校庭には照明ライトがいくつかあり、また学校周辺の街灯も点き始めているので、このまま日が沈んだところで、真っ暗になることはない。

むしろ各家庭のテントにも、持参した明かりが点き始めるので、それこそ避難所生活体験というよりはキャンプ感が増す。

子供たちのテンションが夜になる程上がっていくのが、周りからも感じられるほどだ。

「そしたら、樹季は調理器具にお粥の袋を入れたら、それが三分の二くらい浸るようにお水を入れてから蓋をして。武蔵はこのコードを電源に繋いで、七生はスイッチオンね」

「はーい」

「これに繋いでと。あ、七生はここを押すんだぞ」

「あい！」

士郎はポータブル電源のスイッチを入れると、樹季と武蔵、七生にもそれぞれお手伝いを振り分けて、調理器具を囲んだ。

七生のお粥を温め始めると、テントの中で横になっていたエリザベスも起きてきて、側へ寄ってくる。

内容としては、水からお粥パックを一緒に沸かして温めるだけで、特別なことをしているわけではない。

だが、普段家では見ない器具が出てくるだけで、樹季たちには物珍しいのだろう。

三人とも双眸を開くと、目を輝かせている。

「いいな〜。七生のご飯は温かいね」

「まだ赤ちゃんだからな」

「そうだね」

すると、何の気なしに樹季と武蔵がうんうんと頷き合った。

「むっ！　なっちゃ、むっちゃ、いっとよぉ！」

「え〜。一緒じゃないよ。俺のが大きい。七生はまだオムツしてるし、赤ちゃんじゃん」

「ちーのっ！」

ひょんなことから、七生がぷっと頬を膨らませる。

「また、言い争いを……」

「七生って、オムツしてても、赤ちゃんって言われるのはいやなんだね」

「普段、言われないからかな？」

などと話していると、急にエリザベスが反応した。お座りの姿勢から腰を上げる。

目の前には優音や晴真、大地や星夜といった士郎の友人たちが、両手にそれぞれの夕飯やペットボトルを抱えて立っている。

「アン」

一緒にポメ太もいる。

「士郎くん。せっかくテントが隣同士だし、真ん中にシート敷いて、一緒にご飯食べない？　晴真くんたちも来たから」

「そうそう。せっかくだから、一緒に食べようぜ！」

「お母さんたちも、向こうで集まっておしゃべりしてるし」

「――って。何それ？　保温のお弁当箱？」

こうなると、ほとんど校内キャンプだ。

しかし、仮に避難所生活であっても、最初のうちはこんな感じかもしれないし、逆に普段から騒がしい子供たちが怯えて過ごすとなったら、余程の事態だ。

むしろ、いつもどおりなほうが安心なくらいなのだろう。

「似たようなものかな。キャンプ場や車の中で使える一人用の電磁調理器。このポータブル電源に繋げて使うんだけど、七生のご飯だけは温めてあげたほうがいいかなと思って」

その場で樹季たちと屈んでいた士郎が、立ち上がると同時にニコリと笑った。

そうして、首を傾げた大地に器具の説明をする。

「ポータブル電源って何?」

「電池やスマホ充電器の大きいのだと思って。ここにいろんな形の差し込み口があるでしょう。だから、こういう調理器具に使ったり、スマートフォンに充電もできるんだよ」

「へー!　これ大きい電池なんだ」

「すごい!　士郎くんの家って、こんなのも用意してきてるんだね」

「もとは父さんの仕事の都合かな。急にタブレットやノートパソコンを使うことになったりするから。普通の充電器もあるけど、これくらいのがあるほうが心強いからって」

「そうなんだ〜。士郎くんのお父さん、こんなときまでお仕事するんだね。大変」

「急な確認メールとか来たらするよってだけ。だから、さっきまで昼寝もしてたしね」

日頃からキャンプなどが趣味という家庭なら、持っていても不思議のないものだ。

だが、彼らの中には、そうした趣味を持つ家族の子供が、たまたま一人もいなかった。

しかし、それは士郎の家も一緒だ。

こうした備えがあるのは、あくまでも颯太郎の仕事の都合と安心のためだ。

「でも、その電池って切れないの？」

「切れるよ。だから家の電気で逐電《ちくでん》したり、あとは時間がかかるけど、太陽光パネルをくっつけて蓄電するんだよ」

「わ〜。そしたら、太陽が出てれば、電気が使えるんだ！」

「たくさんじゃないけどね。——あ、お湯が沸いたみたい」

そうして他愛もない話をするうちに、調理器の中ではお湯が沸いたので、士郎は調理器の電源を切った。

一応、蓋を開けて確認すると、お粥のパックが湯に浸っている。

再び蓋をしておけば、食べるときまでに冷めてしまうということもない。

すると、それを覗き込んでいた優音が七生のほうを見た。

「いいね、七生くん。特別だね」

「なっちゃ、いっと〜っ」

「七生は赤ちゃんじゃないから、俺たちみたいに普通の冷たいご飯がいいんだって」

すかさず武蔵が、ぷーぷーしている七生の説明をする。

だが、それを聞くと優音は、「そうなのか〜」と言って笑った。

「きっと来年は同じになるよ。もしかしたら、こうやってくれるのも、今だけかもよ。ね、ポメ太」

「アン」

「ほら。ポメ太なんて、いつもカリカリばっかりだし、七生くんが羨ましいって」

名前を呼ばれたポメ太が相槌《あいづち》を打つように吠えたものだから、それをいいように使って、七生の機嫌を取ってくれる。

「バウ〜ン」

「エリザベスもだって！」

「う〜ん？　あ〜い」

そこへエリザベスが合わせたように鳴いたものだから、七生も〝今だけの特別待遇〟と納得したようだ。

士郎はその様子を見ながら、優音の言い回しやエリザベスの理解力に、しみじみ感心をしてしまう。この流れで七生が納得したということは、エリザベスが優音の意見に賛同したという、何よりの証《あかし》だったからだ。

(優音くんは本当に話し方が優しい上に、上手いな。それにしても、やっぱり七生はエリザベスと意思の疎通《そつう》ができてるんだな。僕のように、翻訳機に頼らなくても——。こればかりは、生まれたときから一緒にいる時間が長かった強みなんだろうけど、羨ましいな)

思わず士郎が、溜め息を漏らしたときだった。

「士郎。夕飯の用意ができたから、みんな中へ——あ。晴真くんたちも来てたんだ」

準備を終えた寧が、テントから顔を出した。

「あ、寧兄さん。僕たちで、ここにシートを敷いて、ご飯を食べてもいいかな?」

「四人で、ご飯とシートを持ってきたんです!」

「いいよ〜。でも、そしたら俺や樹季たちも一緒に混ぜてよ」

すかさず士郎と晴真が説明をすると、思いがけない返事をされる。

「一緒に?」

「うん。今、双葉や充功から、今夜だけ友達と食べるってメールが来たんだ。だから、どうせなら——と思って。みんな、俺たちもいい?」

「もちろん! どうぞどうぞ!」

「やった! 寧さんたちも一緒だ!」

「ありがとうございます!!」

「超、ラッキー!」

このあたりは、寧ならではの対応だな——と、士郎は思った。

士郎だけが表にいれば、必然と中で子守をする寧を気に懸ける。

逆に、寧もまた士郎やその友達を気に懸けるだろうし、何より樹季や武蔵、七生はどうしても遊び心に駆られて、行ったり来たりをしたくなるだろう。

それなら、全員一緒のほうが落ち着ける。

むしろ、ここで友達同士が家族ぐるみになっても、こうして大歓迎してくれる友人たちにも感謝だ。

「そしたらテントの入り口を大きく開くから、みんなで中と繋がるようにシートを敷いてくれる？　そのほうが広く使えるでしょう」

「はーい！」

「任せてくださ〜い」

さっそく寧が陣頭指揮に立つと、優音と晴真が中心になって、持参したシートを敷き始めた。

「士郎と樹季たちは中に用意したテーブルと、ご飯を真ん中に移動するのを手伝って」

「は〜い」

「ありがとう。寧兄さん」

「どういたしまして」

そして士郎と樹季たちも、寧に言われたとおり、テントの真ん中に用意していた夕飯を出入り口のほうへ移動する。

その間、寧はトンネル構造のシェルタードーム型テント、武蔵曰《いわ》く「ロールケーキみたい！」なテントの出入り口になっている部分のファスナーを全開し、ポールの片側にまとめて括《くく》り付けていく。

　そして、仕上げに充電式のランタンをテントの出入り口に吊したら、あっと言う間にテラス続きのリビングのような、程よい広さの空間の出来上りだ。

　大人六人用のテントに、二メートル四方のブルーシートがピッタリとマッチし、これなら颯太郎だけでなく、早めに双葉や充功が戻ってきても、一緒にワイワイできる。

「ひとちゃん、ご飯ってどんな？」

「士郎が寺井さんからご飯をもらってくれたり、他でも充功たちが差し入れをもらったりしたから、いろいろあるよ。家からも持って来たし、トルティーヤもあるから」

　真ん中に置かれたテーブルをみんなで囲むと、晴真たちもそれぞれが持ってきた夕飯を並べていく。

　こうなると、今あるものをみんなでシェアだ。

　ちょっとしたパーティーどころか、かなり本格的に見える。

「すごーいっ！　普通のお肉とかキーマカレーもある！」

「サラダもだ」

「これって、ペラペラのパンで具を巻いて食べるんだよね？」

「巻き寿司みたい！」

中でも寧が用意してきたトルティーヤのセットは大好評。今日明日は缶詰やレトルト中心で、それ以外はあっても菓子パンや惣菜パンだと思ってきた晴真たち四人は、特に大はしゃぎだ。

「七生のお粥はホカホカでトロトロで、すごく美味しそう」

「よかったな、七生」

「ひっちゃ。だっこ～っ。うんま～」

しかも、ここまで自分を可愛がってくれる年上が増えると、七生の態度が一変する。

つい先ほどまで「赤ちゃん」と言われて憤慨していたのに、今では寧の膝に甘えて、ご飯まで食べさせてと強請《ねだ》っている。

「わ～。七生が超甘えてる～」

「バウ～ン」

「エリザベスまで～！」

「おかしいけど、可愛いね～っ」

そこへエリザベスまでご飯と撫でてを催促してきたものだから、一瞬のうちに食卓は笑いに包まれた。

当然、その声は周囲をコの字に囲むテントにも伝わっていく。

ただ、優音を除けば、ここには中学・高校の男子が多かったことから、その子供たちは双葉や充功を中心とした夕飯グループに参加していた。

また、ここへ来て子供から手が離れた母親同士も、別の場所に集まり盛り上がっている。

となれば、テントに残された父親同士も、自然と声を掛け合い、これはこれで盛り上がろうかという流れになる。

もはや、どこが避難所生活体験なのか？　という状態だが、こうした近所付き合いも、いざというときには欠かせないものだ。

それだけに――。

「寧く～ん」

「だから、割り込めないって言ったじゃない。というか、あんた。友達から抜け駆け禁止ってことで、ご飯に呼ばれてるんでしょう。早く行ってきなさいよ」

「ママの馬鹿～っ」

こうなると寧の同級生の女子大生だけが、かえってハズレクジを引いてしまったような結果になっていた。

目と鼻の先にいるにも拘わらず、この時間まで、たったの一言も寧と話ができていない。

完全に母親の言葉通りになっていたのだ。

＊＊＊

そうして一時間が過ぎた頃――。

「ご馳走様でした～」

「あー、楽しかった！」

「本当だね」

どんなに催し物で盛り上がっても、小学生は八時までに解散、そして帰宅するのがこの辺りの基本ルールだ。

そこは晴真たちも承知していたので、五分前には自分たちで声を掛け合い、ブルーシートなどの後片付けを言い出した。

「寧さん。ありがとうございました！」

「どういたしまして」

「士郎くん、また明日ね！」

「うん。じゃあね」

そうして颯太郎の分として取り分けていた食事だけを載せたテーブルをテントの奥へ移動すると、寧は全開にした出入り口を元に戻し始めた。

充電式のランタンも外す。

「士郎。これは中に――、あれ？　雨」

「うん。今、なんか頬に当たったね」

などと言って、士郎が寧と顔を見合わせたときには、パラパラと大粒の雨が降り始めてくる。

辺りが暗くなり、電灯で目が慣れていたためか、いつの間にか空に雨雲が広がっていたことには気が付けなかった。そもそも楽しい夕飯だったこともあり、天候の細やかな変化には、気が回っていなかったのもある。

「わ！　雨？」

「雨!?」

「ひゃっ」

「オン」

テントを叩く音にハッとしたのか、中で寝袋の準備を始めていた樹季と武蔵が慌てて声を上げる。

七生やエリザベスもほぼ同時に驚いていたが、それは雨音にというよりは、樹季と武蔵の反応に対してだ。

〝緊急連絡。緊急連絡。避難所体験中の皆さん。急に雲行きが変わったようで、雨が降り始めてきました。荷物をまとめて、いったん体育館の中へ移動してください。繰り返します。急に雨が降り始めてきました。荷物をまとめて、いったん体育館の中へ移動してください。尚、同じ内容のメールも送りましたが、返信は不要です。まずは体育館への移動を最優先にしてください〟

すぐに役員からのアナウンスが響いた。

この辺りは、初めからルールとして決められていたこともあり、決断や対応が早い。

「わ！　大変。いっちゃん、これからいっぱい降るのかな？」

「天気予報では、ちゃんと今日と明日は晴れだって言ってたのにね。外れちゃったのかな、士郎くん」

「いきなり雲行きが変わることはあるからね。とにかく急いで、荷物をまとめよう」

「はいっ」

「俺も頑張る！」

樹季や武蔵も、急な雨には戸惑いを見せるも、「降ったら直ぐに体育館だよ」とは教えられていたので、まさに今広げようとしていた寝袋を元へ戻して、移動の準備に入る。

寧もテーブル上に残していた食事を保冷リュックに戻して、折りたたみ式のローテーブルを片付けていく。

「寧兄さん。荷物はともかく、テントはどうする？」

「それは父さんや双葉たちが戻ってから考えよう。まずは、七生たちと荷物の移動を優先ってことで」

「はい。そしたら樹季、武蔵。まずは自分のリュックから出したものをしまって、背負って。僕は兄さんを手伝うから」

「はいっ！　七生のリュックも俺が見るから任せて！」

「そしたら僕は、エリザベス！　あ、七生。今のうちにエリザベスに乗せてもらいな。外はもう暗いから、そのほうが怖くないでしょう」

「いっちゃ？」

そうして武蔵が自分と七生のリュックの中身を確認、自分の分は背負って、七生の分は手に持った。

樹季は状況がよくわからないまま固まっていた七生の手を引き、お座りしていたエリザベスの背中にしがみつかせる。

そこへ士郎が、荷物の中から取り出したフード付きの子供用バスタオルを樹季や武蔵に配り、また七生に着せていく。

「あと、これね。これ被ってたら、移動するときも濡れないから。エリザベス、七生を頼むね」

「バウ！」

するると、エリザベスはゆっくりとお尻を上げて、背中にしがみつく七生を背中に乗せる形で立ち上がる。

　七生もエリザベスに乗ると多少は安心したのか、このまま歩き出しても落ちないように、体勢を整える。

「兎田さんのところは、すごいチームワークだな。樹季くんや武蔵くんまでもあんなにしっかりしてるなんて」

　すると、急な雨に応援を——と思って飛び出してきたのか、優音の父親がテントの入り口に立ち、感心するように呟いた。

　他にも周りにいた父親たちが二人ほどいたが、

「本当だ。でも、やっぱり俺たちが早く済ませて、いつでも手伝えるようにしておくに越したことはないよな。兎田さんのところは、小さい子が多いし」

「そうだな。そうしよう」

　顔を見合わせて、自分のテントへ戻っていく。

　と、ここでようやくタブレットを手にした颯太郎が、血相を変えて戻ってきた。

「ごめんね、寧。今、アナウンスを聞いたよ」

「あ、父さん。戻って、よかった。それで仕事は？」

「あとでまたってことで」

「寧兄！」

「ごめん！　直ぐに手伝う」

立て続けに、双葉と充功もテントの中へ飛び込んでくる。

一瞬にして、寧の顔つきが変わる。

「双葉、充功も。よかった〜。お友達と一緒とはいえ、どこにいるのかわからなかったから」

「それにやっぱり、心強いよね」

「本当にね」

やはり頼りになる父親や次男三男が戻って、安心したのだろう。

そしてそれは、士郎や樹季たちも同じだ。

特に樹季と武蔵は、一生懸命に言われたことをしていたが、顔はかなり引きつっていた。

しかし、今は満面の笑みが浮かんでいる。

「とっちゃ！　ふっちゃ、みっちゃ！」

「バウ」

七生もすっかり調子を戻し、エリザベスもブンブン尻尾を振った。

「それじゃあ、まずはみんなで荷物を持って移動しようか」

そうして、家族全員がテントに集まってから、ものの数分程度で荷物がまとまる。

もともと一人一つのリュックからは、それほど中身を出していなかった。

その上、寝支度を始める前だったことが幸いし、片付けの中心が夕飯の残りやテーブルなどだったことも、手際の良さを助けた理由だ。

「テントはどうする？」

さあ、行こう——とテントを出ようとしたところで、寧が切り出す。

「雨っていっても、まだ降り始めだし。荷物を置いてから、俺たちでささっと片付ければ大丈夫だよ」

「だな。もしかしたら、すぐに止むかもしれないけど。逆を言えば、このまま体育館や教室で寝ることになりました、その間に強風が——なんて可能性もゼロじゃねぇし」

双葉、充功の返事で、直ぐに方針が決まる。

「そうだね。そうしよう」

場合によっては、このままにしておいてもいいだろう——とも考えていたようだが、充功の「強風」の一言が、寧に撤収を即決させた。

そこからはテントを出て、真っ直ぐに体育館へ向かう。

校庭の端にいたとはいえ、士郎たちのテントは体育館に一番近い側面だった。

これも幸いし、樹季や武蔵の速さに合わせても、かなりすんなり移動ができる。

七生を乗せたエリザベスも、何ら問題なく到着だ。

ここでもペット連れとそうでない家族とで、前以《もっ》て場所が分けられている。

士郎たちは、早めに移動ができたこともあり、体育館の舞台側隅に荷物を置いて、場所取りができた。

エリザベスの大きさを考えると、隅のほうに来られたことは、とても有り難い。

だが、中には先に子供たちを送って、場所取りをしていた家族も少なくない。

「じゃあ、行って来ようか」

「あ、父さんは士郎たちとここにいて。充功」

「おう！」

そうして、その場に保護者である颯太郎を残すと、寧、双葉、充功の三人がテントを畳みにいった。

多少の値段は張っても、こういうときに広げやすくて畳みやすいのは重要だ。

その上、軽量型を選んでいたので、三人は十分程度でテントを撤収、きっちり畳んで戻ってくる。

「三人とも、ありがとう」

颯太郎が労《ねぎら》う横で、士郎はタオルを配っていく。

「やっぱりこのテントは正解だね。中尾くんのお父さんに、今度メーカーを教えてって言われたよ」

「本当。けど、この雨。夜中じゃなくてよかったよね。寝ているときに降り出したら、さすがにここまですんなり移動や撤収はできない」

「今の時期は、ゲリラ豪雨もあるし。用心するに越したことないからね」

寧や双葉、充功がタオルで顔や身体を拭いていく中、体育館内も徐々に埋まり始める。

中には急なことに泣き出す幼児やペットに困り、またそれらに苛立ちを隠せない者たちも目につき始める。

（なんか、本当に避難所っぽくなってきたな）

ふと心配になり、荷物と一緒に座っている樹季たちを振り返る。

すると、エリザベスを一番奥に伏せさせ、その腹部前に七生を座らせ、樹季と武蔵はその七生を囲むように座って、

「しーだよ」

「エリザベスは、本当にいい子だね」

――など声をかけながら、士郎が言ったことをきちんと守っている。

むしろ、この状況からだろうが、使命感に燃えているようにさえ見えて、士郎は胸を撫で下ろす。

その後はすぐにフッと微笑む。

「うわ。でも、全員が体育館ってなったら、さすがに狭い感じか？」

——と、そんな士郎の脇で、充功が小声でぼやいた。

すでに体育館の中には、七割くらいの参加者たちが移動してきていた。

さすがに、ここでは各家庭用のスペース分けができていないので、若干揉めそうな雰囲気の家族もいる。

だが、大概は穏やかに場所を決め合っていた。

この行事の主旨を、きちんと理解しているからだろう。

「でも、ここはまだ建って新しいほうの体育館だし、空調も効く。何より、避難所前提で作られているから、小学校の体育館としてはかなり大きい。このままここで一晩過ごすとなっても、横になるくらいは問題ないんじゃない？」

「まあ、参加者の半分は小学生からそれ以下の子供だしな。バスケットコートが楽に二面入るんだから、どうにか——なるよな？」

寧と双葉が返事をするも、最後は揃って士郎を見てくる。

あまりにタイミングよく揃っていたため、それを見ていた颯太郎が吹き出したくらいだ。

「えっとね。ここの体育館は、舞台スペースを除いても、床面積がけっこうあるんだよね。確か、縦五十メートル、横四十メートル近くあるはずだから、四百人前後でスペースを分けるって考えるより、百世帯前後で分けるって考える方がいいと思う。ざっくりだけど、一家族四人平均で八畳間——。寧兄さんの和室くらいって考えたら、うちみたいな大家族でないかぎり、持参のテントより広いはずだし」

　士郎はその場で、なるべくイメージしやすく、スペース配分の例えを出した。

　寧の部屋と言われて、

「あ、なるほどな」

「確かにそうだ」

「うちでも寝るだけなら、そこまで問題ないしね」

　三人は直ぐに納得した。

　が、その瞬間。体育館の窓の外に、一際強い雷光《らいこう》が見えた。

　あとを追うように、ドン――と、重々しい雷鳴が響く。

「バウ！」

「ひっ！」

「ひゃっ」

「わっ」

　さすがに驚いたエリザベスや七生、武蔵や樹季が声を上げる。

　だが、館内の至る所から、似たような悲鳴が上がり、ざわつき始める。

「なんだ、今の。けっこう近くないか？」

「うん。すごい音だったね。それに、急に雨音も強くなった？」

これには充功や士郎も慌てて、辺りを見回した。

その間にも、雨音がいっそう強くなる。

「うわ――。洒落《しゃれ》にならないくらい、ゲリラ豪雨になってきた」

「テントの撤収は正解だったね」

双葉を交えて話す間に、寧は七生たちのほうへ寄って、両手を差し向けている。

「ひっちゃ～っ」

「大丈夫だよ、七生」

「そうだぞ。大丈夫だからな、七生っ」

抱っこしてもらえ――と、七生の背を押す武蔵だが、その語尾はどこか心許ない。

「無理しなくていいよ。武蔵」

「父ちゃ～ん」

寧同様、すぐに寄った颯太郎に抱き付く。

そして、弟二人を抱かせた樹季と言えば、エリザベスの頭をポンポンしつつも、あわあわしている。

こんなに強い雷光や、大きな雷鳴は、生まれて初めてだったからだ。

「掴まっていいよ。樹季」

「士郎く～んっ」

その場にしゃがみ込んだ士郎に、力いっぱい抱き付いていく。

「バウンっ」

「ほらほら。エリザベスも僕たちにくっついときな」

「くお～ん」

尻尾を丸めていたエリザベスも、一緒になって身を寄せる。

「うわっ。いきなり大雨強風の知らせが来たぞ」

――と、今度はスマートフォンに着信だ。

充功が羽織っていた上着のポケットからそれを出すと、緊急のエリアメールであることを口にする。

「いや、待って。避難準備通知まで届いたよ」

「これってもう、避難しろってことだっけ？」

寧や双葉も、自分のスマートフォンを取り出して、顔を見合わせる。

一気に緊張感が高まった。

「それはまだ、いつでも避難できるように、準備して待機って意味だよ」

すると、メールの内容を聞いていた士郎が、樹季の背中を撫でてから、ゆっくりと立ち上がる。

「でも、基本お年寄りとか身体の不自由な人は、周りと連絡を取って、避難を開始って意味もある。だから、年齢的にお隣のおじいちゃんとおばあちゃんは、対象者だよ」

「くぉん」

士郎の言葉に、ハッとしてエリザベスも顔を上げる。

「そうか。そしたら、父さん。車で迎えに行くなり、俺たちが帰るなりしよう。エリザベスもうちも留守じゃ、きっと不安だよ。いざってときに、避難も難しいし。佐竹さんに言って、車を――」

すぐに動こうとしたのは、寧だった。

しかし、それは颯太郎からの「待って」に止められる。

「今、お向かいの柚希《ゆずき》ちゃんママからメールが届いた。さっきの落雷、どうもうちの裏山のほうみたいだ」

「裏山のほう!?」

驚きに驚きが続く。

よりにもよって、先ほどの落雷が自宅付近とは、さすがに誰も考えていなかった。

思った以上に近くに落ちていたことになる。

「方面ってだけで、裏山一帯は平和町《へいわちょう》まで含めたらけっこう広いから、ピンポイントで何処とはわからないみたい。けど、今夜は旦那さんが出張でいないし、亀山《かめやま》さんたちのことも心配だから、今のうちに準備をして、一緒にこっちへ来ようと思うって」

それでも、こうしたときの颯太郎の落ち着いた声色や口調は、子供たちに大きな安心を与えた。

「それって、柚希ちゃんママがおじいちゃんおばあちゃんも連れてきてくれるってこと?」

「そう。避難そのものなら、ここへも車で来ていいだろうしって」

「よかった～」

「柚希ちゃんママには申し訳ないけど、そのほうが有り難いもんな。雷が落ちた場所もよくわからないし。今、俺たちが帰宅するよりは安全そうだしな」

寧だけでなく、双葉や充功まで揃って胸を撫で下ろす。

そしてそれは士郎も同じだ。

「これならエリザベスも安心だね」

「くお～ん」

「よかったね、エリザベス」

エリザベスも樹季に頭を撫でられ、まずは安心したようだ。

「そしたら、まずはおじいちゃんおばあちゃんの寝床を用意しておこうか」

「そうだね。俺たちはどうにでもなるし、まずは二人分?」

「あとは、こいつらの分に、柚希とママの分って感じ?　ま、まずは陣地を広げていこうぜ」

寧と双葉、充功がここでも率先して動き出す。

すると、ここでもまた、役員からのアナウンスが入る。

〝緊急連絡。緊急連絡。ただいま、この希望ヶ丘町を含む周辺地域一帯で、避難準備が発令されました。中には、避難勧告が出ている地域もあります。よって、これから一時避難されてくる方がいるかもしれませんので、その場合はみなさんご協力をお願いします。繰り返します――〟

体育館内のざわめきは、大きくなる一方だった。

しかし、こうなってしまうと、役員たちとて参加者たちと立場は同じだ。

晴真は母親だけでなく、父親も来ているから大丈夫だろうが、寺井のところは母一人子一人だ。士郎は、大地がどうしているのかが気になり、辺りを見回した。

「士郎！」

丁度向こうからも探していたのか、大地のほうから見つけてくれた。

一緒に晴真もいる。

（よかった！）

雨が降った時点で、母親たちも集まり、盛り上がっていた。

それもあり、役員で動くとなったと同時に、寺井が大地の預け先を晴真のところに任せたのだろう。

もしかしたら、元からテントの場所も近かったのかもしれない。

「なんか、いきなりやばい感じになってきたね。いろいろと」

側まで来ると、大地がしみじみと言った。

天気の急変もあるが、次第に変わっていく周りの雰囲気にも、思うところがあるのだろう。

「もともとこの辺りは、小高い山や川が多いし。前に、土砂崩れや氾濫《はんらん》を起こした川も、けっこうあるって、父さんが言ってたしな」

親の代からこの土地に住んでいる晴真が、新たな情報を提供してくれる。

それを聞いて、士郎も実際に歩いたことのある場所や車で通った場所、またネット上の地図で見た場所などを思い出す。

（確かに。希望ヶ丘町も山坂は多いけど、平和町や夢ヶ丘町も似たり寄ったりだもんな）

だが、そもそも士郎たちが住んでいる希望ヶ丘町は、都心のベッドタウンとして開拓《かいたく》された地域だ。

元は野山が多いところを部分的に更地《さらち》にして作られた住宅地なのだから、本当に最寄り駅が視界に入るような周辺地域を除けば、山坂どころか小川だって、当たり前のように流れている。普通に「裏山」と称される場所が、家の裏にあるくらいなのだから、住むには困らないが程よく田舎《いなか》だ。

もっとも、だからこそ自治会が率先して、こうした体験行事なども企画実行するのだろうが——。

「避難所生活体験が、本当に避難だね」

改めて周囲を見回しながら、大地が溜め息をつく。

「けど、ここにいる俺たちは、バッチリ準備して来ているわけだから、平気だろう！　な、士郎」

晴真は普段から楽天的だが、今もそれは変わらない。

「そうだね。準備だけは、しっかりしてきているからね」

だが、ここは士郎も晴真に同意した。

下手なことを口にしても、大地の不安を煽《あお》るだけだ。

こういうときこそ、子供は子供らしくいるほうが安心だ。

ただ、そんなことを考えながら、返事をしている士郎だけに、内心ありとあらゆる想定はしていた。

特に、なんの隔てもない空間に、いきなり一緒にされた参加者たちを見回すと、

(面倒なことに、ならないといいな)

急な雷雨よりも、なんか、こちらのほうが心配だ。

嫌な予感が拭《ぬぐ》えないな——とは、思ってしまったのだった。

4

士郎のわんわん翻訳機に追加されたデジタル時計の数字が、二十一時を表示した。

落雷後、強くなった雨音は、その後も弱まることがなかった。

「すみません。職場から念のためにと、主人たちへ呼び出しがあったので、うちは家族そろってここで帰宅します。すでにタクシーも手配しているので」

「ああ、山田さんと源さん。旦那さん、消防士さんとお医者さんですもんね。わかりました。気をつけてお帰りくださいね」

「うちは家が近いので、今のうちに帰ります」

「家族が迎えに来ることになったので」

「うちは――。近所の親戚が迎えに来てくれることになったので、このまま帰宅します」

三十分もしないうちに、動き出す家族が何組も現れる。

希望ヶ丘や夢ヶ丘、平和町や他数の町があるオレンジタウン地域で発令されたレベルは、避難準備。普段なら注意して自宅にいればいいレベルで、これが避難勧告や避難指示、警戒区域指定になるまでには、まだ段階がある。

ならば早めに帰宅し、自宅で対応しようと選択する家族が出始めても不思議はない。

このまま避難準備が解除されても「大事にならなくてよかったわね」で済む。

仮に本格的に避難を余儀《よぎ》なくされるまでになったら、手持ちの品々では心許ない。

もっと衣食を補充しなければ——となるからだ。

「はい。承知しました。今からでもご帰宅できる方は、戻られても大丈夫です。ただし、必ず参加したご家族全員で、誰一人この場に残ることなく、お願いします。決してバラバラで帰る、残るはしないでください」

実行委員もこれを想定していたのか、この場に引き止めることはしない。

むしろ、雨が降り始めた時点でいったん参加者を体育館へ入れたのは、こうした帰宅組の確認に見落としがないようにするためだろう。

「ご帰宅の方は、こちらの名簿の帰宅に印を付けてください。また、ご自宅へ到着しましたら、お手数ですがメールにてご一報ください。よろしくお願いします」

体育館の出入り口には、すぐに受付が設けられた。

手塚や寺井も役員として、帰宅者たちの対応に当たっている。

「えー。帰りたくないよ」

「何言ってるの。どうなるのかわからないのに、こうなったら家にいたほうが安全よ」

「直ぐに止むかもしれないじゃん。明日の炊き出しだって、あるかもしれないよ」

「そしたら、また来ればいいでしょう」

「はーい」

中には、都合のいいことを言ってる家族もいたが、そこは構っていられない。

しかし、この雨にこの時刻だ。まずは予定通り、明日までこの場に止まり、様子を見ようという家族がほとんどだった。

元が自治会行事かつ、学校では駐車場が限られているので、今回は自家用車での来校が禁止されている。

その上、一家総出で徒歩やタクシー、バスで参加しているのだから、よほど家が近いか、運良く迎えに来られる人間がいるとかでもない限り、身動きが取れないというのも事実だ。

タクシーを呼ぼうにも、最寄り駅周辺の帰宅者利用で忙しく、直ぐには来ない。

予約を入れても一時間以上は待たされるとあり、諦めた者も少なくないが――。

「バウ!」

ただ、自宅へ引き上げる参加者がいる一方で、様々な理由からこの場に避難してくる者たちもいた。

兎田家の向かいや隣家のような状況であったり、自宅の立地のために、すでに避難勧告が出ている者たちだ。

「――あ、来た」

「柚希ちゃんとママに、お隣のおじいちゃん、おばあちゃんだ！」

「わーい。着いたよ、エリザベス」

「くお～ん」

体育館の出入り口で待機していた士郎と樹季、武蔵が、荷物を持ってやってきた四人を見つけて、両手を振った。

エリザベスも嬉しそうに尻尾を振っている。

相手も士郎たちの存在に気付いて、足早になった。

「おじいちゃんたち。大丈夫だった？」

「おうおう。すまないのぉ」

「ごめんなさいね。かえって迷惑をかけてしまって」

士郎が声をかけると同時に、亀山一《はじめ》と花《はな》老夫婦が持ってきた荷物に「持ちますよ」と手を伸ばした。

すると、それを真似するように樹季や武蔵も我先に「手伝うよ！」と少しずつでも、荷物を持って体育館の中へ、奥へと誘導していく。

「あ、柚希ちゃんママ。みんな一緒で狭いかも知れないですけど、うちが取った場所から分けて空けてあるので」

「ありがとう。士郎くん。助かるわ」

「よかったな！　柚希」

「こっちだよ～っ」

「うん！　武蔵も樹季くんもありがとう。エリザベスも！」

「オン！」

体育館の隅では、すでに颯太郎や寧たちが荷物で他家との境界線を作り、ブルーシートの上にマルチカバーを重ね敷いたスペースに、寝床の準備もしていた。

もともと兎田家の人数が多いことは周知だが、それにも増してこの場でも兎田家をL字型で囲った家族は、みなペット連れ。先ほどとあまり変わりもないので、亀山老夫婦たちが避難してくると知るや否や、自分たちの荷物をずらしてスペースを広くしてくれた。

むしろ、

「言ってくださいよ。すぐにこちらでも、スペースを空けますから」

「そうです。いくらなんでもひと家族スペースに八人と大型犬一匹。その上、四人も招くなんて、周りに遠慮しすぎです」

「大丈夫ですって。スペースをずらすのは我々のところまでで、その先隣には迷惑はかけませんから」

「いや、待って。そこも遠慮するなよ！　くくくっ」

「そうそう。二列先の家まで侵略したって、誰も文句なんて言わないよ。何その、家で止めますから安心してください！　みたいな変な独占欲」

「あ、ごめん。そうだよな！　なんか、つい」

「うっかりしてた。悪い悪い！」

「これだよ～」

「はっはっはっはっ」

ギュウギュウ詰めでどうにかしようとしていた颯太郎や寧たちどころか、それを受け止めようとした周りの人たちまで笑われてしまったくらいだ。

こうなると「いや、士郎がひと家族八畳程度って言ったから」とも言えなかったが、結果としては笑顔が広がった。

周りからすれば「そもそも二家族分の人数でしょう！」と、スペースを調整してもらう。ただ、人数が多いからこそ、常に周りに気遣うことを忘れない。こうしたところも、兎田家が好かれる理由の一つだ。

それこそ普段から、親子揃って助けられがちな家族こそ、「こんなときぐらい、もっと頼ってくださいよ」と、張り切っているのに――。

「このあたりを分けて使ってください。ちょっと狭いかもしれないですが、手足を伸ばして横にはなれますので」

そうして士郎たちが老夫婦たちを案内すると、待っていた颯太郎が敷物上に空けていた部分を示す。

周りからも、

「お疲れ様です」

「いきなりで驚きましたよね」

「あ、柚希ちゃんママたちは私たちの隣側へどうぞ」

——などと労《いたわ》りの声がかかる。

大概の家族が荷物はあっても、寝るときに隣り合うのが男性同士、女性同士、子供同士になるよう工夫しており、気を配り合っていた。

老夫婦や母子《おやこ》が持ってきた荷物をそれぞれ置くと、まるで最初からいたような溶け込み方だ。

「俺、委員さんに到着の報告をしてくるね」

そう言って動く寧に、颯太郎が「頼むね」と見送る。

その後は「まずは座って落ち着きましょう」やら「お茶でもどうぞ」と、まるで自宅のリビングのようだ。

老夫婦や母子も「おじゃまします」で腰を落ち着けて、いきなり避難してきたにしては、まったく陰《かげ》りを見せない。

「本当にすまないのぉ」

「柚希ちゃんやママも助かったわ」

「いえいえ。私たちもご一緒できたおかげで、とても心強かったんで。ね、柚希」

「うん！　それに、エリザベスのおじいちゃんとおばあちゃんがいなかったら、武蔵たちの近くに場所取りなんて、絶対にできなかったしね！」

中でもおしゃまな柚希は、さっそくとばかりにおしゃべりを始める。

武蔵より一つ上の年長さんだが、やはり女児のほうが口が立つようだ。

「え？」

「こら、柚希」

「だって、園の子たちから、武蔵たちのお向かいに住んでるだけで、いつでも遊べてずるいって言われるんだよ。いいないいいな、ずるいって。今だって、じっと見てくる子がいるし。ずるいビームが飛んできてるよ」

「まあ、まあ。そんな意地悪をされるの？」

とはいえ、ここは聞き捨てならない。

花が心配して声をかける側で、士郎たちも真剣に耳を傾ける。

すでに口癖になっている者もいるだろうが、「ずるい」は羨ましいだけでなく嫉妬が加わり、悪意から出る言葉だ。

大人なら冗談として使うことがあっても、子供は大概本心からこれを使う。

それだけに、喧嘩になったり、いじめに発展することがよくあるキーワードだ。

士郎も簡単に「ずるい」を口走る子に対しては、その子だけでなく、周りの友人や家族も含めて警戒をしている。

これを許している周囲だけに、大概似たようなことを言うタイプだからだ。

「う～ん。意地悪とは違うから大丈夫！　そんなことという子は、家で遊ばせないよ。柚希のうちは、武蔵もだけど、エリザベスの家も前なんだからね！　って言ったら、すぐにごめんって言って。一緒に遊びたいってなるから」

ただ、柚希に関しては、こうした心配はいらないようだ。

充功がぼそりと「強ぇ」と言って笑ったように、しっかり対応している。

むしろ、周りの子が兎田家の男児やエリザベスを好きなのを知っていて、それを逆手に取っているほどだ。

それもどうなんだ？　と、母親は頭を抱え始めたが。

士郎からすれば、こういう母親だから安心している。家族ぐるみで付き合えるのだ。

「そう。なら、よかったわ」

「でも。うちに来ても、本当は武蔵やエリザベスとは全然遊べないってわかると、ずるいって言わなくなるの。なんだ、ただ家が前なだけなんだ～って」

「あら、そうなの？」

「うん！　考えが甘いのよって、ママも言ってる～。なんか、ママもよく、お向かいさんと仲がよくていいわね、いいわね。ずる～いって、言われるからって」

「柚希っ！」

まあ、思いがけないところで、日頃の言動が露呈《ろてい》することは多々あるが――。

「ぷっ！」

しかし、この程度は「ずるいビーム」などという攻撃名を、女児向けのアニメ・聖戦天使にゃんにゃんエンジェルズの作中で書いている颯太郎が吹き出すような、笑いごとだ。

そもそも柚希の母親は、気の強さで言ったら右に出る者をわざわざ探さなくてはならないくらいの亡き母・蘭《らん》と意気投合、ウマが合ってよく盛り上がっていたくらいだ。

場合によっては、この「ずるい」対応にしたって、元は蘭の入れ知恵かもしれない。

そう考えると、士郎はやはり類は友を呼ぶし、側に居るといっそう影響され合うのだな――と思った。

「まあ、そもそもうちは全員男だしな」

「だよな。それに樹季や武蔵は帰宅をしたら、士郎と一緒に七生の子守やエリザベスの散歩で、あっと言う間に夕飯時間だ。友達を家に呼んで遊ぶより、散歩のついでに公園で遊んでくるほうが断然多いしな」

「何より休日は寧くんだ、ひとちゃんだって連呼して、寧にべったり。そりゃ柚希からしたって、何がずるいんだ。公園で会ったときくらいしか、遊べないよってなるわな」

充功と双葉からすれば、どんなに家が近くでも、普段はそれだけだ。

そりゃ他家よりは行き来があるだろうが、だからといって漫画のように〝ご近所幼馴染みがいつでも一緒〟とはならない。

そう思えば、柚希も変な焼きもちを焼かれて、大変だなで納得だ。

ただし、そもそも柚希が目を輝かせて見ているのが充功であって、年の近い武蔵や樹季ではない。

だから余計に憤慨しているのだとは、充功本人は思いも寄らないだろうが――。

「士郎くん、士郎くん」

――と、そんなときだった。

体育館の出入り口があるほうから声がした。

「星夜くん？」

「ごめん！　ちょっとだけ一緒に来てくれる」

舞台前。家ごとに置かれたシートとシートの隙間を見つけて、足早に寄ってきたのは、ペット連れの兎田家とは反対側のゾーンに移動をしていたはずの星夜だった。

すでに二十一時を回っているとはいえ、この状況だ。

寝付けない子供、寝付かない子供は多く、何かトラブルでも起こしたのかもしれない。

とはいえ、この場にいるのはすべて家族連れだ。

普通なら親がどうにかするべきなのだが――。

それができているなら、こうして呼びには来ないだろう。

「どうしたの？」

「大地くんと晴真くんが――。とにかく、お願い！」

しかし、士郎は星夜の口から二人の名前を聞くと、未だに母親たちが役員仕事で戻っていない、そこへ晴真の父親が目を離した隙に、何かトラブルでも起こしたのだろうか？と考えた。

さすがに二人で喧嘩？　とは、思わなかったが。

「わかった」

士郎は、荷物で側まで来られなかった星夜に大きく頷いて、返事をした。

「ちょっとだけ見てくるね」

「一緒に行こうか？」

颯太郎たちに断りを入れると、寧のほうから聞いてくる。

「ううん。大丈夫。きっと子供同士のことだし。よっぽどだったら、周りにいる大人に助けてもらうから」

ここは一度断った。

星夜が自分の親や、近くの大人を頼らずに、士郎を呼びに来たことになんらかの理由か意味があると判断したからだ。

「そう。わかった」

寧もそれを聞いていた颯太郎たちも、ここは士郎の言い分を聞き入れる。

「気をつけるんだよ」

などと言って見送ったところで、すぐに「トイレ」と言って腰を上げるだろう、充功のことが予想できていたからかもしれないが――。

＊　＊　＊

「それで、星夜くん。二人がどうしたの？」

星夜から「こっち」と言われて、士郎は舞台前の隅を移動しながら訊ねた。

「うん。あのね。まだ一年生だと思うんだけど……。利久斗《りくと》くんだったかな？　館内で隣になったら、僕が持ってきたキャンプベッドが気に入ったみたいで、貸してって言ってきたの。でも、これはお父さんと星を見に行くとき用にって、自分のお年玉で買ったものだから、駄目って言ったんだ。けど、その子はまったく言うこと聞かない子で、しかも、すごくしつこくて……」

　星夜が足下に気をつけながら、経緯を説明してくれる。

「もしかして、そのやり取りの近くに、晴真と大地くんがいた？　おそらく止めに入ってくれたんだろうけど」

「そう！　さすが士郎くん。二人が丁度通りかかってくれたの。ただ、いきなり晴真くんが〝やめろよ〟とか〝いい加減にしろよ〟って言ったら、泣かせちゃうかもしれないでしょう。それにその子、大地くんの近所の家の子だったみたいで。だから、ここは俺が――って。大地くんが優しく〝駄目だよ〟って言ってくれたんだ。けど……」

〝ずる～い。いいじゃん、貸してくれたって。ちょうだいじゃないよ、貸してなんだから、何が悪いの？〟

〝何がって。星夜が駄目って言ってるだろう。自分で買った大事なものだから、貸せないよって〟

〝どうして～？　自分が買ったんなら、いいじゃん。いつも使えるんだから、僕に貸してよ。ケチなの？〟

〝そういうことじゃないだろう。大事なものだから、貸せないの〟

〝なんで～？　僕も大事に借りたらいいんでしょう。あんなベッド、自分だけ使うのなんてずるいじゃん！　お兄ちゃんなのに、ケチなの？　自分より小さい子に意地悪なの？〟

〝だからっ〟

〝ケチ、ケチ、ケーチっ。ずるいビ～ム！〟

〝このっ、何がずるいビームだ！　調子に乗りやがって〟

〝いや待て、大地！　星夜、士郎を呼んでこい！　これもう俺たちには無理ガキだ！〟

その場に居ずとも、大地や晴真の性格をよく知る士郎には、目に浮かぶような光景だった。

短気で直下型の晴真は、確かに物言いは荒っぽいが、すぐに怒る分沈静も早い。

逆を言えば、普段から冷静に物事を観察する大地は、何事もいったん我慢して受け入れる。だが、その分、もう無理となったときの反動が大きい。

このあたりは、士郎寄りだ。

「それは、かなりすごい子だね……。それだけ言い返してくるんだから、頭の回転は良さそうだけど。でも、スペースが隣なのに、周りに大人はいなかったの？」

「校舎のトイレから戻る途中で話かけられたから、体育館の外だったんだ。渡り廊下に繋がるところで、大人もいなくて。それにこの雨だし、ちょっとくらい大きな声を出しても、中までは聞こえないでしょう」

「すごい条件が揃ったところで揉めたんだね。というか、わざとそういう場所を選ばれたのかもしれないけど――っ⁉」

そうして体育館を出ると、士郎は大雨強風を実感しつつ軒下を移動。校舎に繋がる渡り廊下まで走った。

参加人数のこともあり、今日明日は体育館と校舎一階のトイレが使用可能だ。

しかし、着いてみると、その場には女性が一人増えている。

「別にいいじゃない、ベッドくらい貸してくれたって。そもそも、小さい子が見たら欲しがるようなものを、こんなときに持ってくるほうが悪いんでしょう。さんざん見せつけといて貸せないなんて。本当にケチだし、なんて意地悪なのよ。おばさん、大地くんがそんな子だとは思わなかったな〜っ」

利久斗を庇《かば》うように立ってはいるが、それこそ自分からしたら充分小さい子だろう、大地と晴真に向かって、文句を言っている。

しかも、その顔には見覚えがある。

「原さん。何をしてるんですか？　こんなところで、また無理なお強請《ねだ》りですか？　それも今度は、親子揃って」

士郎は思わずその女性の名を呼び、話しかけた。

そう。女性は昼間、颯太郎にサインを強請ってきた寺井の近所に住む原だったのだ。

「――――！　あなた、確か兎田さんの」

「やった！　士郎来た!!」

「助けて、士郎。この子も、おばさんも、言ってることがめちゃくちゃなんだ！」

すでにけっこう言われたあとなのか、晴真も大地も若干涙目だ。

大地に至っては、大人が出てきて尚、話が通じないことに怒りを通り越して、理解不能で困惑しているようにも見える。

こういうところは、大地はまだまだ素直だし、年相応の子供だ。

と同時に、大人だったら説明すればわかってくれるはず――という、信頼も持っている。

だからこそ、話の通じない大人にぶつかり、この信頼が壊れないといいな――と、士郎は思わずにいられない。

士郎の利き手が、自然と眼鏡のブリッジへ向かう。

「なっ、何よ。私や利久斗はめちゃくちゃなことも、無理なことも言ってないわよ。それに、どうしてあなたがここに」

「それは、僕がベッドの持ち主である星夜くんや、この二人と友達だからです」

昼間はここへ到着したばかりだったたし、周りや原の家族にも気を遣って、天然を装った。

自分でも、そうとう馬鹿っぽい返しをした自覚や恥ずかしさはあるが、それでも場の雰囲気を壊さないことを選んで、原には撤退してもらった。

しかし、そうして気を遣ったはずの彼女の家族が利久斗なのかと思うと、もはや遠慮はいらない。

むしろ、原に対していきなりスイッチが入った士郎を見て、星夜や大地、晴真のほうが驚いている。ここには居ない優音のように、昼間のサインのやり取りを直接見ていないのもあるが、普段ならどんなに理不尽な大人と対峙するにしても、多少の掛け合いがあってからの眼鏡クイだと知っているからだ。

もっとも、原は原で士郎の態度が、昼間とは違うことに眉を顰めたが——。

「だから、何？　あなたには、関係ないわよね」

「関係はありますよ。友達だって言ったじゃないですか。その子があまりにしつこく貸して貸してって言うので、困り果てた三人が僕を呼んだんです。でも、おばさんがいるなら、もう解決ですよね。ベッドは借りれないって、自分の子に言い聞かせてください」

「——は？　どうして？　別に借りるくらい、いいでしょう。ちょうだいなんて言ってないんだし。あなたたちより小さい子が羨ましがっているのよ。お兄さんなんだから、一晩くらい貸してあげてよ」

だが、話が通じないというのは、まさにこのことなのだろう。

原とは根本的なところから考え方が違うのだから、これはかりはどうしようもない。

そこは士郎もすでに理解している。否定もしない。

代わりにこちらも自分の考えで押し切るだけだ。

「いいえ。星夜くんはこの子のお兄さんじゃないですし。僕らにしたって、知りもしない子のために、貸してあげたらなんて無責任なことは言えません」

「なんで？　別に同じ町内で同じ小学校だってわかってるんだから、いいじゃない。それに、あなたにはお兄ちゃんもいれば、弟もいるんでしょう。そしたら、上の子が下の子に物を貸してあげることくらい、普通のことだって知ってるでしょう」

「はい。それは知ってます。ただ、少なくとも僕の家には、他人様《ひとさま》に我が儘を言って、無理矢理何かを借りようなんてする子はいないです。それこそ幼稚園や二歳前の弟でも、これは人のだから駄目だよって言ったら、〝はい〟って言って、素直に受け入れますし、理解します。何がなんでも自分の思い通りにしようとして、ケチとか意地悪とか言いません し。親も僕も絶対に言わせません」

それでも、士郎が自身の家族を引き合いに出してまで、相手に返すのは稀《まれ》だった。

初めは「助かった」「お願い。その人、やっつけて」で見ていた晴真や大地、星夜もこれには「え？」「え？」と顔を見合わせている。

しかも、ここへ来て士郎が、にっこり笑った。

「まあ、それでも弟たちは可愛いんで、僕も大概のことは叶えてあげちゃうほうなんですけど。でも、それはあくまでも、可愛いからであって、そうじゃない子の我が儘なんて、何一つ聞きたくないです。だって、当たり前じゃないですか。ぜんぜん、可愛くないんですから」

口調や言い回しこそ変えているが、

「そんな我が儘なクソガキと、僕が溺愛している超可愛い弟たちを一緒にするな。ふざけたことを言うのも大概にしろよ！」

——と、はっきり言い切った。

少なくとも、晴真たちにはそう聞こえた。

「！」

そして、それは士郎たちのあとを、こっそり付けてきた充功も同様だ。

何かあれば、すぐにでも出て行くつもりだったのだろうが、その場で口を押さえて、吹き出すのを堪《こら》える。

(可愛くないって。それ、直球すぎるだろう！)

これればかりは、充功が口汚く罵るか、士郎がいつものように理責《りぜ》めで追い詰めていくほうが、まだ相手の子供には伝わらないだろう。

今夜の士郎が、いつになくぶち切れているとわかるのは、母親だけではなく、樹季と大差ない利久斗でも絶対に理解できる言葉を選んでいることだ。

「なっ！　なんですって!!」

「……っ、僕！　可愛いもんっ！　劇団でも一番可愛いって言われるもん！　そうでしょう、ママ！」

案の定。原の血相も変わったが、利久斗のほうがヒステリックな声を上げた。

利久斗は、本人が言うように容姿はとても優れている。

今は可愛いと形容される年頃だが、すぐにカッコいいと言われるような、正当派なイケメンに育っていきそうな目鼻立ちだ。

なので、こんな我が儘な言動を取らなければ、実際もっと可愛く見えるだろう。

しかし、それだとしても、士郎が自分の弟たちより可愛いなどと認める子供は、この世には一人もいない。

そこはもう、容姿や性格だけの問題ではない。

身内びいきに磨きのかかったブラコンだ。

うちの子絶対一番精神だ。

だが、それがどういうものなのか、利久斗にはわかりようもない。

単純に言葉のまま、容姿をけなされたと思ったのだろう。

それは、母親を見てもわかる。

「そっ、そうよ！　何よ、失礼ね。人の子に向かって可愛くないとか。信じられない！」

「なら、余所《よそ》の子に向かって、ずるいだのケチだの意地悪だのって言うのは、失礼じゃないんですか？　僕からしたら、よっぽどそのほうが失礼だと思いますけど。いや、こうなると無礼ですよね」

「なんですって！」

士郎の容赦ないぶったぎりが続く。

しかし、このままでは、決着が付きそうにない。

充功が「しょうがねぇな」と、動こうとしたそのときだ。

「⁉」

背後から足早に通り過ぎて行った者たちがいた。

「いい加減にしなよ、お母さん。利久斗も、恥ずかしい！」

「そうだぞ。こんなところで声を荒らげて、みっともない」

パッと見た感じ、小学校の高学年男子と七十歳くらいの男性だ。

しかも男子のほうは、足首に怪我をしているのか、包帯を巻いた上にサポーターで固めている。

「律《りつ》。お父さん」

どうやら原の息子と父親らしい。

利久斗からすれば、兄と祖父だ。

「大体、何をしてるんだ。律を置いて何処《どこ》へ行ったかと思えば、そうやって利久斗ばかりを構って、甘やかして。ましてや、余所様《よそさま》にまで迷惑をかけるなんて！」

驚く原に、祖父のほうが声を荒らげた。

雨音に消されて、館内までは届かないだろうが、それでもこの場には士郎たちがいる。普段、年配の男性に怒鳴られることがないためか、一斉にビクリと肩を震わせた。

これに関しては、充功でさえもだ。

「か、関係ないでしょう。父さんこそ、そうやっていつも律の味方ばかりして」

「お前が利久斗しか見ていないからだろう」

「もういいわよ！　行きましょう、利久斗。ベッドで寝たいなら、家に帰ればいいでしょう」

しかし、こうした流れが、何もかも不満だったのだろう。

原が利久斗の腕を掴んだ。

「え!?　だって今夜は帰れないんでしょう」

「もう一度タクシーを呼ぶわよ。来れば帰れるんだから、待てばいいだけ」

「律も？」

「律はお祖父ちゃんと残るって！」

「え？」

それでもいきなり「帰る」と言われた利久斗のほうは、戸惑いを見せた。

「本当、だからこんなキャンプなんて面倒だって、参加したくないって言ったのに。お父さんがたまには子供たちを一緒にとか。地元の付き合いだの、保護者としての云々《うんぬん》言うから――」

「え？　ママっ」

ルール度外視は強制帰宅を余儀なくされる。

我が儘は言っても、今夜の泊まり事態は楽しみにしていたのだろう。

それでも、去り際に士郎たちと目が合うと、

「ケチ、ケチ、ケーチっ。ずるいビ～ム！　あっかんべーっ」

利久斗は一瞬の間に、今持てる全ての悪態《あくたい》をついて去って行った。

（ここまで徹してると清々しいな。あの利久斗って子）

これはこれで、士郎は感心してしまう。

「あの、クソガキ～っ！」

「大地！　わかった。わかったから、落ち着けって！」

だが、とことん絡まれ、自分からはたいして言い返せなかったのだろう。

大地は怒り、晴真は再び彼を止めた。

「ごめんね、大地くん！　晴真くん。士郎くんも……。僕がキャンプベッドなんて持ってきたばっかりに……。ぅぅ」

そして、ことのきっかけを作ってしまった星夜は、利久斗が居なくなったことで、一心に責任を感じてしまったのだろう。ベソベソと泣きだしてしまった。

男子といっても、まだ小学四年生だ。

それぞれ性格だって違う。

「いや。星夜くんは何も悪くないし」

「そうだよ。気にしなくていいよ」

「大丈夫だって！　星夜」

士郎が声をかけると、大地や晴真も一緒になって声をかける。

しかし、こうなるといたたまれないのが、この場に残った原の家族だ。

「ごめんな。利久斗が我が儘で。お母さんまで変なこと言って。本当に、嫌な思いをさせて、ごめん」

「娘や孫が嫌な思いをさせてしまって、本当に悪かった。申し訳ない」

律や祖父は、身体を折って頭を下げた。

彼らが悪いわけではないことは、士郎たちだってわかっている。

「いや、いいです。僕もけっこう言ってしまったし——。すみませんでした」

士郎は、彼らと同じように、自分も頭を下げた。

「本当。うちの弟もいろいろ言ってるんで。すみませんでした」

（！）

また、それを見ていた充功も、一緒になって頭を下げた。

5

思いがけないところで一問着《ひともんちゃく》を起こしたが、それでも士郎たちは改めて律と自己紹介をしあってから、その場を引き上げた。

(六年生の原律くんに、一年生の原利久斗くん。そこへあのお母さんって――。まだまだすごい親子が近くにいたんだな。でも、同じ町内でも向こうは旧町、うちは新町。同学年に兄弟もいなくて、保護者が学校や自治会に無関心ってなったら、知らなくても不思議はないのかな？　律くんのほうは、うちのことも僕のことも大体知っていたけど……)

とはいえ、星夜と律のスペースは隣同士だ。

しばらくはタクシーを待つだろう原や利久斗が居ることを考えて、大地と晴真の家が隣り合ったスペースに、いったん身を寄せることにした。

士郎はといえば、すっかり保護者気取りの充功と一緒に戻る。

スペースでは、すでに寝支度が整っていた。

「あ！　優音くん。しろちゃんとみっちゃんが戻ってきたよ」

「お帰りなさい。星夜くんたちは大丈夫だったの？　呼ばれていったの、ポメ太の世話してて気がつかなかったんだけど」

姿を見るなり武蔵と、そしてその隣にちょこんと座っていた優音が、心配そうに声をかけてきた。

理由は本人も言っているが、館内に入ってからも同じペット連れゾーンでスペースは近いが、犬に気を取られていたようだ。

「うん。大丈夫だよ。また明日説明するけど、大したことなかったよ。ね、充功」

「――まあな」

とはいえ、今夜は時間も時間だ。

士郎は、ことの詳細は明日することを説明しながら、まずは優音に安心してもらう。

「よかった。それだけ聞きたかったから、お邪魔させてもらってたの。僕、戻るね。みなさん、ありがとうございました」

優音も時間のことは気に懸けていたのだろう。ホッとしてみせると、颯太郎や寧たちに礼を言ってから、立ち上がった。

「ありがとう。優音くん。また、明日起きてからね」

「うん！　お休みなさい」

シートとシートの間を進みながら、自身のスペースへ戻っていく。

見れば兎田家を囲うL字型の二列目の端にいたようだ。

優音を迎える両親と兄の笑顔が見えると、士郎は無性に安心をする。

両親を亡くして母方の叔母家に引き取られたことがきっかけで、昨年末に希望ヶ丘へ越してきた優音だが、従兄弟の兄とも自然に打ち解けており、もう家族そのものだ。

事情があるからこそ、お互いへの思いやりも強いのだろうが、原一家を見てきたあとだけに、いつになく癒やされる気がした。

（家族か——。これもまた千差万別だな）

ふと、そんなことを思う。

「あ、充功。士郎。さっき館内アナウンスがかかって、消灯を十時に設定しましたって。真っ暗にはしないけど、まずは子供たちの就寝にご協力くださいって」

士郎たちが寝袋で敷き詰められたスペース上に腰を下ろすと、寧が留守中のことを説明してくれた。

「もう寝ろって。中高生にはきついよな」

「まあな。けど、見れば武蔵や七生みたいな年の子もけっこう居るからな。うちは感謝する側だし」

「わかってるよ」

何気なく発した充功に双葉が返すと、この時点で充功は保護される側に一変する。

この辺りは士郎同様、中間子ならではの扱われだが、生まれながらの年功序列もある。

思春期反抗期真っ只中を邁進《まいしん》しているはずの充功だが、端《はた》から見れば可愛いものだろう。

やり取りを見ていた亀山夫妻も、ちょっとクスクスしている。

「そうだ。おじいちゃん。おばあちゃん。双葉くんとみっちゃんが、ここにベッドみたいな寝るところを作ったからね。士郎くんや僕たちも手伝ったんだよ。テントの敷物を畳んで重ねたから、ここならきっと腰とか背中とか痛くないよ。手も足も頭も、みーんな大丈夫だと思う！」

就寝と聞き、樹季が思い出したように説明し始めた。

見れば老夫婦に用意した寝床だけが、周りから若干だが高くなっている。

（ベッドか――）

士郎は思わずこの単語に反応してしまう。

「エリザベスも一緒だから、家にいるみたいだろう！」

「なっちゃもねんねよ～っ」

しかし、樹季の話に武蔵や七生が同調したら、もはや原家のことなど気にしている場合ではない。

寝床を両手でポンポンしながら「ここ、ここ」とやっている弟たちが、可愛くて仕方がない。お尻をフリフリしている七生など、特に絶品だ。

「おーおー。すまないのぉ～。みんなもおるし、こりゃ家にいるより楽しいのぉ」

「本当。しかも、寝るところまで。――あ、でも私たちも、敷物だけは持ってきたのよ。今の時期だから、上掛けはタオルケットでもいいけど、やっぱり床だけはと思って」

老夫婦も嬉しそうだ。

特に花は、ハッとすると持参していた荷物の中から、筒状のビニール袋を手にした。見れば同じ物が二つある。

その一つから中身を取り出すと、その場に転がせながら広げてみせた。

畳一枚くらいのド派手な蛍光ピンクのマットだ。

「え!? おばあちゃん。それって運動用のヨガマットじゃない？ いつからヨガなんてしてたの？」

ただ、ひと目で用途がわかるそれに、士郎が驚いて身を乗り出す。

「あら、そうだったの？ 畳やフローリングに敷いて寝転ぶのに丁度いいからと思って、前に買ったのよ。軽いし、滑らないし、使わないときには丸めて押し入れにポンって。すごく便利だから、ずっとごろ寝用だと思ってたわ」

「確かにそう言われると……」

「もう魔法だね。昼寝用の敷き物にしか見えなくなってきた」

「だな」

──なるほど、そういうことか。

士郎が納得したときには、双葉の言うように、もう魔法だ。

ド派手な蛍光ピンクのヨガマットは、お昼寝用のそれにしか見えない。

「わ～。これ、ふにふにしてる」

「僕たちの部屋にも似たようなのがあるね。パズルみたいにして繋げる四角いの」

「素材が同じＥＶＡ樹脂《じゅし》だからね」

武蔵や樹季が指で押したところで、士郎が説明を足した。

「はい。そしたらこれは、樹季ちゃんや武蔵ちゃん、七生ちゃんの寝床の下に敷いてちょうだい。気持ちよくゴロゴロできるわよ」

確かにブルーシートにマルチカバーを重ねた上に寝袋よりは、寝心地が良さそうだ。

ましてや普段から老夫婦が昼寝用にしているなら、身体にも優しそうで、弟たちには有り難い。

「わーい。そしたら二つ、くっつけよう！」

「賛成！　最初から敷き直して、並べて、くっつけて、その上に寝袋を広げて～。そしたら、みんなでお昼寝みたいに寝れる！」

「きゃ～っ」

「バウン」

樹季と武蔵は、さっそく自分たちに割り振られた寝袋をどかして、ヨガマットを敷き始めた。

その上に、寝袋を敷き直して、タオルケットをかけたら、あらたな寝床の出来上がりだ。

この間、七生は嬉しそうに邪魔をしているだけだが、それも含めて楽しそうだ。

「どういう状況でも楽しめるって強みだな」

充功がぼそっと漏らすも、士郎は真理だと思う。

今も尚、大荒れに荒れている天気のことを考えれば、もっと不安や心配になっていいはずだ。

しかし、樹季たちを見ていると、怯えたのはここまで移動してきたときくらいだ。

リアル避難所生活になったところで、何処吹く風だ。

これこそ校内キャンプにしか見えない。

「でも、わかるな。ああいうのっていくつになっても、理屈抜きで楽しいんだよな」

「そうだね」

素直に喜び、楽しむ樹季たちを見ながら、双葉が少し羨ましげに見ている。

このあたりは寧も共感できる年頃なのだろう。

ただし、彼らはこの場だから大人しくしているだけで、自宅や本当のキャンプなら、間違いなく一緒になってはしゃいでいるが——。

「さ、準備もできているし、今夜は寝よう」

そうこうしている間に、消灯の合図がかかり、体育館の照明が落ちていく。

暗くならないうちにと、颯太郎が横になることを急かした。

「うん。朝には雨が上がるといいね」

士郎もそう言って眼鏡を外すと、樹季と武蔵に「ここだよ」と言われた場所で横になる。

どうやら家での子供部屋と同じ配置らしい。

寝心地はと言えば、ヨガマットを敷いてもらったこともあり、思った以上に快適だ。

普段は颯太郎と一緒に寝ている七生も、今夜は士郎と武蔵の間に割り込んでいる。

「おやすみなさい」

「――なたーい」

とりあえず、士郎たちは全員横になって瞼を閉じる。

だが、それで直ぐに眠れるわけではない。

体育館内の照明が落ちて、かなり暗くなると、代わりに非常灯とスマートフォンの明かりが目立つようになる。

「明るくて眠れないんだけど」

「布団でも被っとけよ」

「そしたら、暑いよ」

どこからともなく不満が聞こえてくる。

「もっとクーラー効かせてくれないかな？」

「これでも入ってるだけマシだろう」

「え～」

「しーっ」

その声は子供ではなく、あきらかに大人の物だった。

考えてみれば、朝から準備に追われて、一日はしゃいだあとの体育館移動だ。

小さい子のほうが、すでに疲れて寝ているのだろう。

しかし、中高生や大人になるとそうもいかない。

時間をかけて身についた生活習慣もあり、それが狂うだけでストレスを感じる者も少なくないはずだ。

（かつて無い人数での消灯就寝体験だな――。でも、こうして寝るってだけでも、明かりがどうこうってなるんだから。この集団生活が何日も、何週間も続いたら、そりゃあストレスなんてものじゃないよな）

災害に備えた訓練は常にあっていいし、とても重要だ。

だが、いざ避難となったら、その後に控えている避難所生活での過ごし方なども想定し、ある程度の準備と心構えがあっていいんだろうなと、士郎は改めて実感していた。

と、そんなときだった。

（――ん？　カラス。今の鳴き声って、どこのだろう？　学校裏？　それとも、うちのほうの裏山？）

外から甲高い鳴き声が聞こえた。

大分雨音に消されていたが、それでも耳に届くほどだ。

（そういえば、裏山の雷ってどこら辺に落ちたんだろう？　野犬や野良猫、あのあたりに住んでいる野生の生き物たちに、被害がないといいけど）

士郎は、急に気になりだした。

瞼を開いて、エリザベスが反応しているか確かめようとするが、老夫婦の向こうに寝ているので横になったままでは確認ができない。

ならばと、手首に付けていたワンワン翻訳機をオンにし確認してみるが、

（ササミ――か）

エリザベスはすでに夢の中。それも、かなり幸せそうだ。

（でも、これなら裏山のみんなもどこかに避難できているんだろう。人間の助けがいるときには、エリザベスを通してＳＯＳをしてくるし。野犬たちの遠吠えも全く耳にしていないから、これこそ便《たよ》りが無いのは元気な証拠なんだろうな）

安心して、翻訳機をオフにした。

すると、すでに眠ってしまった樹季たちが、

「士郎く～ん」

「しろちゃん」

「ふふふ。しっちゃ～っ」

見た目に寄らない寝相《ねぞう》の悪さを、ここでも発揮し始めた。

どんな夢を見ているのかは知らないが、三人とも士郎と遊ぶか何かしているのだろう。

寝言で名前を言うまではいいが、七生は士郎の上に転がり乗っかってくるし、樹季と武蔵の手足も投げ出されてくる。

こうなると、そっとどかそうが、はじき飛ばそうが、結果に大差はない。

どかしてもどかしても、戻ってくるのが定番だ。

それでも、

（やっぱりうちの子が一番可愛いに決まってる。こういうのは、見た目とか、そういう話じゃない。日々積み重ねてきた愛情や愛着の結果だ。それが、うちの子でもない我が儘っ子となったら論外だ）

士郎は「はいはい」で両手を伸ばして、弟たちの頭や背中を撫でていく。

（でも、そういうつもりで〝可愛くない〟って言ったんだけど。母親からして容姿のこととして取ったから、きっと本人もそう思っただろうな）

原親子は今頃無事に帰宅し、就寝できたのだろうか？　と、少しだけ考えながら——。

＊　＊　＊

翌日、士郎はどこからともなく聞こえてきた話し声で目を覚ました。

同時に枕元に置いた眼鏡を手にして、そのままかける。

「もしかして、止んだ？」

「止んでるっぽい」

「やった！　大雨強風警報が解除されてるよ」

「避難勧告、避難準備も解除だ」

どうやら天候が回復したようだ。

瞼を開くと、丁度ギャラリーを歩く役員の姿が見える。

早々に起きて、カーテンを開けてくれていた。

夏の日が上がるのは早い。

「結局、昨夜のって、ゲリラ豪雨？」

「本当。すごかったよね」

「徐々に弱くなってはいたけど、明け方近くまで降ってたしな」

「わかる！　私も寝付けなくて、ずっと聞いてたから」

周囲のざわめきが大きくなるにつれて、情報量が増える。

これらを耳にし、士郎の家族も徐々に目を覚ましていく。

「ん～っ」

「武蔵、朝だよ。今日は寝坊は駄目だよ」

「なっちゃ……。めんめ」

「おはよう。七生」

中でも、お尻をもぞもぞしながら顔を上げ、その場に座り込むと目を擦っている七生が可愛い。

ただし、夜中も転がり続けて移動をしたらしく、七生が起きたのはうつ伏せで寝ていた充功の背の上だ。

「マジかよ。身体が痛ぇぞ」

「みっちゃ、すーよー。すーよー。すーよー」

寝相の悪さを怒られる前に、ベタベタに甘えて好き好き攻撃で回避へ持っていくのは、持って生まれた才能だ。

「いいから、先にオムツを替えろ。タプタプなのが背中に伝わってくる」

「ふっへへ～っ」

充功であっても、怒れるはずがない。

七生はペロッと舌を出すと、オムツパンツを片手に「おいで」と手招きをする颯太郎の元へ歩いて行く。

「でも、止んだのがついさっきじゃ、さすがに校庭は使えないよね」

「子供たちが炊き出しを楽しみにしていたんだが――」

そうしている間も周りからは、残念そうな会話が聞こえた。

しかし、ここで役員からのアナウンスが入った。

内容は朝の挨拶から始まり、天候と周辺地域の状況の情報。

あとは、本日の予定の発表だ。

「うそ、やった！　炊き出しは予定通りの時間から開始だって」

「でも、体育館でするなら、早めに荷物をまとめておかないとな」

「舞台で作るなら、そこは慌てなくても、いいんじゃない？」

よくてこのまま解散だろうと考えていた者も多かったためか、この決定に館内に歓喜が湧き起こる。

それも大人も子供も一緒になって、拍手喝采《かっさい》だ。

「無理して帰らなくてよかった～」

「そしたら、気を取り直して、まずは朝ご飯だな」

「おう！」

むしろ、士郎の耳に届く喜びの声は、大人のほうが多い気がした。

もっとも、こういうノリの大人が多いから、成り立つ自治会行事だ。

「——でも、俺たちは帰らないとな」

「昨夜、いきなり転がり込んだだけだしね」

中には、こんな心配を口にする避難夫婦の声も聞こえてきたが、

「何言ってるんですよ。一緒に食べていったらいいじゃないですか。そして、よかったら、来年は参加してくださいさい。最初は少し面倒でも、顔見知りを増やしておくと、いざってときに心強いですしね」

「ですよ〜。特に、お子さんが巣立って、ご夫婦だけの世帯にはね」

「そうか。悪いな」

「ありがとう。ぜひ、来年からは参加するわ。ね、あなた」

「そうだな。ここがうちの避難指定場所なのは確かだが、子供の手が離れたら、来る機会もない場所だし。こういう行事で来て、慣れておくのはいいかもしれない」

そこは周りの参加者たちが、盛り上がった勢いのまま、行事に誘っていた。

それを聞いた夫婦も、声が明るくなった。

（こういうのも怪我の功名《こうみょう》て言うんだろうな）

士郎にふっと笑顔が浮かぶ。

しかも、

「可愛い！　見て、寧。このオムツ」

いきなりはしゃぎだした颯太郎の声がした。

「何これ、父さん。お尻に尻尾が描いてあるよ。すごい、可愛いんだけど！」

何かと思えば、昨日士郎が同級生からもらった七生のオムツパンツだ。

替えは十分用意してきたはずだが、おそらく颯太郎が「せっかくだし」と使ってみたのだろう。

それが想像を超えて似合っていたものだから、これには寧も大はしゃぎだ。

「本当だ。七生のお尻、柴犬みたいだ。可愛い！」

「なっちゃ、わんわんよ～」

「うんうん。七生、すごく似合ってるよ」

こうなると、武蔵や樹季も手放しで喜んでいる。

七生も「可愛い」を連呼されて、お尻をフリフリしてご機嫌だ。のそのそと起き上がってきたエリザベスにまでお尻を向けて「見てみて！」とやっている。

「士郎。これをくれたのって、一年の時に同じクラスだった竹内蒼太くんだっけ？」

かなり気に入ったのか、颯太郎が確認をしてきた。

「そう。弟くんのを分けてくれたんだ」

「そしたら、今頃お揃いかもね。お尻を並べてみたら、もっと可愛いだろうな」

何の気なしに、寧が言った。

すると、いきなり充功が七生を小脇に抱えて立ち上がった。

「よし！　御礼代わりに、見せに行こうぜ」

「ひゃっ」

思いついたが吉日とばかりに、竹内家はどこにいるんだ？　と、探し始める。

入学当初から「俺の弟をいじめたらただじゃおかないぞ」とやってきただけあり、充功は自分が在校中だった頃の士郎のクラスメイトの顔なら、大概覚えている。

これはこれですごい。

同級生の顔さえ、たいして覚えていないのに――。

「いた！　ペットなしゾーンの中腹、扉側」

そうして蒼太を見つけると、充功はすぐに向かって行こうとした。

「ちょっ！　充功。そのまま連れて行ったら、オムツ丸出しじゃん」

いつになくテンションの高い充功を、慌てて士郎が引き止める。

「だって、これ見せパンだろう」

「見せすぎだって！」

「いいっていいって。この年までなら許される」

それでも充功は持ち前の運動神経でヒョイヒョイと移動し、シートとシートの間を進んで蒼太の元へ行ってしまう。

小脇に抱えられた七生は、これだけで楽しくて仕方がないのに、

「あらあら可愛い」

「お兄ちゃんとどこ行くの？」

「七生ちゃ～ん！」

すれ違う人たちから声をかけられるものだから、両手も愛想も振りまくりだ。

「だとしても――、ズボン！　せめてズボンを持って行きなよ。充功！」

「いや、士郎。それを言うなら上着もだよ」

士郎と寧が慌ててあとを追いかける。

オムツの取り替えついでに着替え中だったとはいえ、充功が七生を真新しいオムツパンツ一枚の姿で連れて行ってしまったからだ。

「蒼太～。見ろよ、これ～」

だが、そんな充功が一足先に蒼太のスペースに着いたときだった。

「いい加減にしなさい！　どうして幸太《こうた》は、一度で〝はい〟って言えないの？　返事をしないの！　幸子《さちこ》さん。いったい貴女、どういう躾《しつけ》をしてるのよ！」

「すみません。お義母《かあ》さん。でも、今日は人も多いし、たまたま聞こえなかっただけだと思うんですが」

「そんなことといって、家でも同じじゃない。私の言うことだけ無視をして！　そういうふうに教え込んでるんでしょう」

「誤解です！　お義母さん」

充功には珍しく、自《みずか》ら他家の修羅場に片足を突っ込んでしまった。

普段、あれだけ士郎には「下手なことに首は突っ込むな」的なことを言っているにも拘わらずだ。

思わず出した足を、そろりと引っ込める。

「うわぁぁぁんっ」

「わわっ。大丈夫だよ、幸太。泣くな。ちょっと聞こえなかっただけだよな」

「にーたんっ。にーたんっ」

「なっちゃ！　わんわんよ～っ」

「!?」

だが、すぐにも撤退《てったい》しようとした充功に反し、七生が泣きだした蒼太の弟、幸太に向かって満面の笑みで声をかけてしまった。

可愛いと誉められたお尻を見てほしくて仕方がないのだろうが、いきなり声をかけられた蒼太と幸太はビックリだ。

二人して抱き合いながら、振り返る。

目と目が合うと、ますます充功は引っ込みが付かなくなる。

しかも、そこへ士郎と寧が追いついてきたものだから、

「充功さん。士郎……。寧さんまで」

もはや、あとには引けない。

充功だけなら、聞かなかったことにして引き返せても、士郎には無理だ。

そうでなくても、すでに蒼太の目が士郎を捉え、SOSを発している。

「ご、ごめんね蒼太くん。昨日もらったオムツパンツを履かせたんだ。そしたら、すごく可愛いから、お揃いだねって。御礼に見せに行こうって、充功が」

「なっちゃ、かーいー？」

経緯を説明する士郎に、立ち尽くす充功。

だが、どこまでも七生はマイペースだ。

こうなったら、何が何でもお尻を見てもらおうというアピールがすごい。

仕方ないので、充功が抱え直して、蒼太のほうへお尻を向けた。

すると、七生が自分からお尻を揺らして、バックプリントされた柴犬の尻尾を振ったように見せる。

「――あ。うん。ありがとう。思ったとおり、可愛い。七生にもすごく似合ってる」

「ふえっ。ふえっ。ふえっ」

蒼太は急な展開に困惑するも、幸太は驚きの連続すぎて、泣き止んでくる。

「ほら、幸太。七生と一緒。尻尾がお揃いだぞ」

「ふえっ。ん……。おとろ……っ」

特に、同じオムツパンツを履いている七生を見ると、大分気が逸《そ》れたのか、指をさして涙目ながらも「ふへっ」と笑った。

これはこれで、たまらなく可愛い。

すると、一番背後にいた寧が、颯太郎ばりのキラキラな笑顔を浮かべて前へ出た。

士郎が握り締めてきたズボンと自分が持ってきたTシャツを合わせて、充功に差し向ける。

「充功、これ七生に着せて」

「あ、おう」

まずは充功に言いつけた。

そして、今一度視線を蒼太に向けると、

「蒼太くん。幸太くんを少しだけ俺が抱っこして、七生と遊ばせてもいい？」

「寧さん」

「ね、士郎。そうだ。なんなら、一緒に顔洗ってきなよ。二人ともまだでしょう」

「う、うん」

寧は蒼太の腕から幸太を預かり、口実を作って士郎と一緒にこの場から離れさせた。

しかし、さすがにこうなと、蒼太の母も祖母も声を荒らげることはできない。

「あ、いつも士郎がお世話になってます。このたびは七生にまでお気遣いいただきまして、ありがとうございます」

そこへ寧が鍛《きた》えまくった営業用スマイルを見せたものだから、

「……あ、いえ。こちらこそ、蒼太がお世話になりまして」

「どうも……っ」

否《いや》が応《おう》でも、気持ちが落ち着いてきたようだった。


寧からああは言われたが、士郎たちは手に何も持っていなかった。

しかも、館内では参加者たちが起床し、行動を始めて、にぎわい始めている。

仕方ないので、士郎は蒼太を誘って、いったん体育館を出ることにした。

比較的に人通りのない軒下《のきした》で、どちらからともなく足を止める。

昨夜の豪雨が嘘のように、頭上には青空が広がっている。

「ごめんな。充功さんや寧さんにまで、気を遣わせちゃって」

「ううん。それより、怒ってたのって、おばあちゃんだよね」

どうしたものかとは思ったが、士郎は先に謝られたので、その流れから話を切り出した。

こんな場所で母親と祖母が言い争うのも蒼太にはきついだろうが、それ以上に争いの原因や内容に問題を感じたからだ。

「うん。けっこう前から弟の幸太が、呼んでも一回で返事をしないから……。あ！　だからって。おばあちゃんが、普段から意地悪してるとか、そういうのはないよ。むしろ、すごく可愛がってるし。でも、だから……、余計に無視されるとショックなのもあるみたいで。ここへ来て、爆発しちゃったのかも……。なんていうか、近所に住むおばあちゃんの友達の孫は、一回で〝はい〟って。それこそ、七生みたいに、はきはきしてるから」

すると蒼太は、一気にいろいろと話し始めた。

蒼太の言い分からすれば、どちらが悪いわけでもなさそうだ。

怒鳴っていた祖母にしても、これを聞く限り、普段からどぎついタイプというわけでもない。

だが、それは士郎も知っていた。三年前のこととはいえ、クラスメイトだったときの記憶を辿《たど》っても、蒼太のところは家族仲がいい印象しかないからだ。

「そう——。立ち入ってゴメンね。でも、幸太くんって、もとから耳が聞こえづらかったの？」

　とはいえ、幸太が生まれてからの竹内家は、知らないに等《ひと》しい。

　ましてや、今の幸太のことは皆無《かいむ》だ。

　今日、初めて会った子なのだから、ここは蒼太に聞く以外に知りようがない。

「ううん。検診で異常は言われたことない。俺や母さん、父さんからしたら、たまたまじゃないってくらいの頻度で、返事をしないだけ。ただ、そのたまたまが、ほとんどおばあちゃんで……」

「そうか……。でも、それは気になるよね」

　しかし、聞けば聞くほど、妙な話だった。

　士郎が思わず、首を傾げる。

「気になるどころじゃないよ、一家崩壊の危機なんだから！」

「っ!!」

　すると突然怒鳴られて、士郎がビクリとする。

　しかし、見れば怒鳴った蒼太も、声を荒らげた自身に驚いていた。

「ごめん！」

「ううん。僕のほうこそ。余計なことを聞いちゃって」

「いや、余計じゃないから！　こんなこと、士郎くらいしか相談できないし。だから、聞いて。本当は、ずっと聞いてほしいと思ってた。でも、普段から仲がいいわけじゃないし。いきなり、家のことなんて——と思ってたから」

すぐに謝り、この件ではずっと一人で悩み続けてきたことを、士郎に明かしてきた。

内容が内容だけに、どんなに親しい友人や部活仲間でも、切り出し難かったのだろう。

逆を言えば、今の士郎は特別仲がいいわけではない。

母親と祖母のどちらか一方と仲がよいわけでもないので、客観的な意見を求め、相談するのには最適だったのだろう。

——と、士郎ならそう思うところだが、蒼太ではそこまで考えて言い出したわけではないだろう。

単純に兎田士郎という同級生が、神童と呼ばれるくらいすごいことを知っていた。

何かと子供の味方になって、困ったときには大人と話をしてくれることを知っていたにすぎないからだ。

「さっきも言ってたけど、おばあちゃんは、お母さんがわざと幸太に無視させてるんじゃないかって疑ってる。でも、お母さんはそんなことをしていないし、幸太が無視する原因もわからない。だから、まさかだけど——。自分が見ていないところで、おばあちゃんが幸太に意地悪してるのかもって、疑い始めて……。けど、そういう自分も嫌みたいで、すごく悩んでる」

蒼太にとって、七生のオムツパンツをきっかけに、士郎と久々に話ができたことは幸いだったのだろう。

今後、相談できるかも？　くらいは、思っていたかも知れない。

だが、そこへ充功が、七生どころか士郎と寧を連れてやってきた。

それも、とんでもないタイミングで――だ。

しかし、それでも寧の機転がなければ、蒼太がこうして士郎に相談できたかどうかは、わからない。

それほど幸太の問題は、蒼太には切り出し難い内容だ。

「でもって、お父さんは両方から相談を受けても、そんな馬鹿なって。こっそり俺に、そんなことないよな？　どっちもないよなって、聞いてくるくらい頭を抱えちゃってさ」

士郎は、何もかもが繊細な問題だけに、蒼太の話をしっかり聞いた。

その上で、誰かに感情移入をすることなく、客観的に見ることだけを意識し、頭の中でメモを取る。

「でも、俺は幸太に声かけで無視をされたことがないから、どうしても聞こえていないとは思えない。今だって、ちゃんと答えてくれてただろう。でも、そうしたら、やっぱりお母さんか、おばあちゃんが嘘を？　って考えたら――」

一人一人が抱える問題と、そこから生じる感情を相関図《そうかんず》として作り上げる。

ただ、これらを聞いたまま作りあげたとしても、辻褄《つじつま》が合わない。蒼太は母親か祖母が嘘をついているのかと考えているが、士郎からすればそれ以前の問題だ。

幸太が祖母にとっている反応が、いろんな意味で半端すぎて、誰の疑心や想像とも理屈が合わないのだ。

「なあ、士郎。俺、どうしたらいい？　士郎ならわかる？　どっちかが嘘をついてるように見える？」

「――ごめん。さすがにそれは。蒼太くんだけなら、学校でもすれ違ったりするけど。お母さんたちは、久しぶりに見たなって感じだし。クラスが分かれて、二年ちょっとの間。見かけたのだって、学校行事や運動会だけだしね――」

だが、そうした個人的な引っかかりはあとにして、士郎はまず蒼太の質問に答えた。

その上で、今一度自身の持つ記憶を辿っていく。

ざっくり思い返しただけでは、どこかに見落としがあるかもしれない。

そうした前提でいっそう注意深く、これまで目にし、耳にしてきた情報を、まるで録画再生で見返すかのように、脳内に思い浮かべて――。

（蒼太くんとの出会いは、小学校の入学式。彼もそれまでは、両親共々都心に住んでいた。ただ、前の年に父方の祖父が亡くなった。それで、実家に一人で残った祖母を気遣い、蒼太くんの入学に合わせて引っ越し。二世帯同居がスタートした。結果、母親のほうは見知らぬ土地で姑《しゅうとめ》との生活になったわけだが――、世に言う嫁姑問題はなし。寧《むし》ろ仲がよくて、家族行事では、いつも母親と蒼太くんを囲むようにして、四人が一緒にいた。誰の目から見ても、仲良し家族だ。地元民を介して、悪い噂も聞いたことがない）

こうして士郎は、事細かく思い返した記憶の中から、今必要だと思う情報だけを引き抜き、さらに脳内でまとめていった。

そして、これらを元に考慮に入る。

（――で。これが五人に増えたからといって、何か変わる？　蒼太くんがブラコンになっただけで、今回だって揃って参加をしている。少なくとも僕の目には、変わったようには見えない。さっき、おばあちゃんがテンパって〝わーっ〟ってなっちゃってたけど。それでも、実際僕の目の前で家族崩壊していった人たちが放つ雰囲気とは、明らかに違う。うん。やっぱり問題は、家族関係じゃない。幸太くんが示す、なぞな聞こえ方だ）

そして、最後は過去の竹内家と現在の竹内家を比較し、更には実際いざこざを起こした他家を少しばかり比較させてもらった。

やはり、蒼太が心配するような、悪意のある内容ではないだろう――と、まずは士郎の中でひとつの答えが出る。

しかし、これはまだ問題そのものを明確にしたに過ぎず、結論ではない。

（そう――。幸太くんは基本的には聞こえてるんだ。さっきもちゃんと反応をしていたし、そこは間違いない。ただ、ときどき聞こえなくなる。それも、おばあちゃんの声かけのときが圧倒的に多い。だからといって、完全におばあちゃんのときだけってことじゃない。両親からの声かけでも、割合がそうとう低いってだけで、聞こえていないときがある。ただ、蒼太くんには、それがない——。ここが一番のネックだ）

そうして士郎の脳内に、今一度家族相関図が浮かび上がる。

ただし、今度は感情的な行き来ではない。

幸太にとっての、聞こえる聞こえないの関係図として示したものだ。

（仮に無視される頻度の割合を、おばあちゃん7、ご両親3、蒼太くん0とする。この比率から考えられる難聴現象の原因は、そういくつもない——）

「士郎？」

とはいえ、いきなり士郎が険しい顔つきで黙り込んだものだから、蒼太が不安げに顔を覗き込んできた。

「ん？」

「ごめん。怒った……よね？　普段仲良くしているわけでもないのに、いきなりこんな無理難題とかって」

見ると、すっかり顔色が悪くなっている。

ここに居るのが大地たちなら、士郎が考え込んでいたら、ワクワク顔で待っているだろうが、こうしたところにも普段からの距離感が窺える。

「え？　あ、ごめんね。そうじゃないんだ。単純に幸太くんの反応にどうして違いがあるのか、その理由や原因を探してたんだ」

「理由や原因？　それって、やっぱりおばあちゃんがとか、お母さんがとかってこと？」

「まさか！　そうじゃないよ。ただ、もし僕の考えが参考にしてもらえるなら、やっぱり幸太くんを一度病院へ――」

それでも士郎は、少しでも蒼太の力になれればと思い、自分が辿り着いた結論を口にした。

「あ、いた！　わかった！　わかったぞ、蒼太。士郎！」

だが、それは士郎たちの姿を見ると同時に叫んだであろう、充功の声に消されてしまう。

「幸太が返事をしない、いや、できなかった理由を寧が見つけたから」

「寧さんが？」

「寧兄さんが!?」

「とにかく、来い！　問題は直ぐにでも解決する」

捲し立てる充功に二人は腕を掴まれ、すぐにその場から館内へ戻ることになった。

士郎たちが外で話し込む間に、中では参加者たちの行き来が増え、話声などもいっそう増えて、賑やかになっていた。

充功に先導された士郎たちが、竹内家のスペースまで近づいたときだった。

(――え?　あれって)

士郎は目した光景に、少し驚いた。

寧は幸太の耳かきをしていたのだ。

しかも、衣類を着込んだ七生は口をへの字に、両の頬をぷくっと膨らませているが、先ほどは姿が見えなかった蒼太の父親にしっかりと抱かれて、家族全員が食い入るように寧の手元に目をこらしている。

「ほら、やっぱりそうだった!　見てください、これ。すっごい固まりが出てきました。これじゃあ、聞こえにくいですよ。だって、耳に蓋《ふた》をされてるんですから」

士郎たちが息をのんで側まで寄ると、寧が満面の笑みを浮かべて、ティッシュに取り出した耳垢《みみあか》を両親たちに見せるように差し出した。

母親が受け取ったそれを一緒になって覗き込むと、そこには小指の先ほどありそうな塊《かたまり》が取り出されている。

「え!?　これ、耳垢？」

母親が思ったままを口走る。

確かに別のものかと疑いたくなる大きさだ。

士郎もここまでのサイズの耳垢は、生まれて初めて見る。

このあたりは充功や蒼太も同じようで、揃って目を見開いてしまう。

「そうです。綿棒《めんぼう》とかだと、掃除をしているつもりで、耳垢を奥へ入れてしまうことがあって。それが地味に溜まり続けると、気がついたときには、ビックリするサイズになっていることがあるんです。でも、こうして綺麗に取ってしまえば、もう大丈夫だと思います。ただ、用心のために、このあと耳鼻科で診てもらいたいですが」

寧はそう言って使い終えた竹の耳かきをウエットティッシュで綺麗に拭くと、持ち主らしい祖母へ返していた。

受け取った祖母は、それを見ながら呆然としている。

また、幸太は寧の膝枕が気に入ったのか、今も寝転んだままだ。

「ひっちゃ～っ。なっちゃの～っ」

だが、そんな幸太を見た七生が、突然声を発した。

用が済んだらもういいでしょう！　と言わんばかりに、父親の手の中で両手両足をバタバタさせている。

蒼太の母親は、ハッとして手にしたティッシュを丸めてズボンのポケットにしまった。

「ごめんね七生くん。寧くんもありがとう。耳鼻科には、帰ったらすぐに連れて行ってみるわ。本当に、ありがとう」

空いた両手を幸太に向けて、自分の膝へと座り直させる。

すると、蒼太の父親に抱かれていた七生が両手を差し向け、寧もそれを嬉しそうに迎え入れて抱えた。

「ひっちゃ～っ」

「はいはい。ちゃんと待てて、えらかったね。七生」

「悪い。俺がそのまま抱えていけばよかった。うっかりした」

「みっちゃ、ぷーよっ」

あとから気付くのもなんだが、七生としては、まさか「士郎たちを呼んでくる」と言った充功が、自分を蒼太の父親に預けて行くとは思わなかったのだろう。

このやり取りだけでも、士郎には容易に想像が付いた。

そうして幸太が母親の、七生が寧の膝の上に落ち着くと、

「けど、これが原因だとして、どうして母さんのときだけ？」

蒼太の父親が寧に訊ねた。

「それは、俺にはまったく……」

しかし、寧は父親からの質問には首を傾《かし》げることしかできない。

すると、ここで士郎が動いた。

寧の側へ寄るように屈んで、両膝を付く。

「寧兄さん。それってもしかして、左耳からじゃない？　両耳じゃなくて、左耳だけがすごく溜まってたってやつ」

「——え？　そう。よくわかったね。右は普通に綺麗だった。けど、左は入り口は綺麗なんだけど、奥で固まってたんだ。だから、パッと見た感じでは両方同じに見えたのに」

急に聞かれて、それも最初から耳かきを見ていたわけでもない士郎に言い当てられて、寧は面食らっていた。

しかし、士郎自身は「やっぱりそうか」と微笑んだ。

「だから、おばあちゃんの声だけが届きにくくて、両親はその時々。でも、蒼太くんだけは大丈夫だったんだよ」

自信を持って言い切る。

とはいえ、これが新たな謎を呼ぶ。

「え？　まったく意味がわからないんだけど」

咄嗟に返した蒼太の言葉に、誰もが同意し頷き合っている。

なので、士郎はそうした周りを見渡すと、

「ようは、癖が原因。幸太くんに声をかけるときに、おばあちゃんは左側から呼ぶのが圧倒的に多い。で、ご両親は前後左右まんべんなく。でも、蒼太くんだけは、いつも真っ正面。おそらくだけど、顔を見ながら声をかけているから、まず聞き逃すことがなかったんじゃないかな」

先ほど思い返した自身の記憶と、家族によって聞こえる聞こえないの比率を合わせたところから導き出した〝理由や原因〟を説明し始めた。

さすがに士郎も、まさか耳垢が大元の原因だとは思わなかったが、幸太の場合は左耳に何か異常が出ているのではないか？　とまでは、考えついていた。

それで一度病院へと言ったのだ。

「――あ、そう言われたら。俺は、いつも声と手が一緒に出るほうかも。あと、目を合わせて話すかな。幸太が生まれたときから、そうしてるから」

ただ、蒼太自身は、声かけに癖があるなどとは、考えたこともなかったようだ。

しかも、士郎にピタリと言い当てられたことで、更にビックリしている。

「多分、蒼太くんは何かをしながら幸太くんに声かけすることが、ないんだろうね。でも、ご両親は違う。動きながら声をかけることが多い。特にお母さんは、家事をしながらだろうから、いろんな方向から声をかけると思うんだ」

「生活の中では、自然とそうなるわね」

「幸太自身も歩き回るしな」

両親も「言われてみれば」と頷き合う。

ちょっと普段の生活を思い出しても、士郎の言うような光景が頭に浮かんだからだ。

ただ、肝心な祖母だけは、この説明では納得がいかないようだった。

「ちょっと待って。それを言ったら、私だって幸子さんと変わりなく接しているはずよ。それなのに、どうして私の声だけ届かないの？　それに、私だけが左側から接しているとか、まったく覚えがないし」

士郎に食ってかかるが、その声はとても切なげだ。

しかし、彼女がすんなり納得できないだろうことは、士郎にも充分想像が付いていた。

真っ直ぐに目と目を合わせて、説明を続ける。

「覚えがないのは当然です。無意識にしているから癖なんです。でも、おばあちゃんは自分が何かしてても、幸太くんがウロウロしてても、声をかけるときには必ず側へ、それも相手の左側へ寄ってるんです。蒼太くんが一年生のときも、そうやっていたのを見かけてますし。もしよかったら、帰宅後にご家族のアルバムを見てみてください。おそらく、ほとんどの家族写真でのおばあちゃんの立ち位置が一番右側だと思います。こうして何気なく座っている今の並びのように」

「家族写真？」

「右側？　今の並び？　あ……」

とはいえ、ここまで話が飛ぶと、祖母だけでなく、両親や蒼太、寧まで自然と身を乗り出した。

そんな中、「説明しすぎだ」と言いたげに額に利き手を持っていったのは、充功だけ。

七生と幸太にいたっては、赤ん坊同士で手を振り合って、遊び始めている。

「多分、お祖父ちゃんが亡くなって、今の家族構成になってから撮った最初の写真の影響かなと思うんですけど。おばあちゃんが右側で、お母さんと子供が真ん中。それでお父さんが左側じゃないですか？」

それでも士郎は、充功の危惧を余所に、自分が立てた仮説を淡々と話す。

そうした中でも、夫婦はこれまでに撮ってきた写真を思い出しているのか、すっかり眉間に皺が寄っている。

「――確かに、そうかもしれないわ」

「うん。写真館で撮ったときの立ち位置が、そんな感じで。それからずっと……だ」

「じゃあ、何？　私は自分の癖で、わざわざ幸太が聞きづらいほうから声をかけて、返事がないって怒っていたってことなの!?　しかも、幸子さんの差し金《がね》まで疑って」

とはいえ、仮説が事実とわかったところで、祖母の衝撃は増えるだけだ。

さすがにこれを自業自得とは思わないが、本人からしてみれば、そう言われて責められていると感じても仕方がない。

「はい。そういうことになります。でも、そこは運が悪かったというか、おばあちゃんの優しさの現れでもありますし。また、一定期間、理由もわからずに、自分だけが返事をされないってなったら、疑心暗鬼になっても不思議がないかな――と。定期検診でも引っかかっていなかったわけですし」

士郎からしても、こればかりは不運としか説明のしようがない。

こうして話をしていても、まさかにまさかが重なったような出来事だ。

それなのに――。

「いや、でも、だからって。幸太の風呂上がりの耳掃除担当してるの、母さんだろう。自分で幸太の耳を塞いで、嫁を疑うとか、さすがにないよ」

「……蒼一《そういち》」

何気なく放った蒼太の父親の言葉が、祖母の顔色を更に悪くし、士郎をも驚愕させた。

（――え⁉　それ、ここで言っちゃうの！）

士郎としては、そうとう頑張って祖母がこれ以上落ち込まないように――と気を遣ったつもりなのだが。それをよりにもよって、実の息子が追い打ちをかけた。

こうなると、自業自得の枠にさえ収まりきらなくなってくる。

ただ、これを聞いた母親が、キッと眉をつり上げた。

「――は？　仕事から帰宅したら、食べて遊んで寝るだけの人が何言ってるの」

「え？」

おもむろに父親を睨むと、吐き捨てるように言い放った。

これには父親も肩をビクリとさせる。

寧と充功、士郎と蒼太は、咄嗟に顔を背けて父親を見ないようにした。

母親から父親へ雷が落ちることを、全身で察したからだ。

「私はね――。家事に育児に蒼太の部活、保護者会に近所づきあい、その上旦那の世話で忙しい中、いつもお義母さんに幸太を見てもらって、すごく助かってるの。いつだって感謝してるわ。それに、耳掃除担当って。別に、私もあなたも自分から〝します〟と言わなかっただけで。丸投げしといて、お義母さんのせいも何もないでしょう」

「まあ、そりゃそうだけど。え？　俺が悪いの？」

「だから、私たちが悪いって言ってるでしょう！　何もあなただけ責めてないから！」

「っっっ――、ごめん」

それでも蒼太の母親の雷は、士郎たちからすれば、まだ優しい。

世の中には、「は!?」の一言と視線だけで一撃を食らわす母親が居ることを知っている。

だが、今となっては、それも懐かしい。

寧や充功、士郎は蒼太の母親が落とした雷に、ちょっとだけ微笑んでしまった。

三人揃って、両腕を組んで仁王立ちをする蘭を、思い出したからだ、
しかし、これで「ああよかった」とはならない。

「ううっ――ぁぁぁっ」

「お義母さん！」

その場で激しく泣き崩れてしまった祖母の肩に、母親が手を伸ばす。

おそらく、いくつもの感情が入り乱れて、それらをどう処理していいのか、わからなくなったのだろう。

しかし、ここまでよかれと思ってしてきたことが、裏目に出ることはそうそうない。

これればかりは、本人の気持ちが静まり、落ち着くのを待つしかない。

士郎がそう思っていたときだった。

「えっと――。そんなに難しく考えなくても、これってけっこうあることです。うちも俺のときに父さんがやりましたし。そこまで落ち込まなくても、大丈夫ですよ」

寧が母親たちに向けて改めて言った。

「兎田さんも？」

「はい。俺が二歳過ぎてからかな？　日増しに音への反応が悪くてなってきて、ある日無反応になったらしいんです。で、まさか耳が!?　って、疑って。半泣きで大学病院へ駆け込んだら、よくためましたねって。これはもう、耳栓《みみせん》レベルですよって言われて、すごい

のを取り出してもらったそうです」

それも少し照れくさそうに。まるで自分の失敗談かのように、優しくキラキラとした笑顔付きだ。

しかも、兄弟の中でも寧が颯太郎に一番似ていることもあり、士郎にはまるでこの場で本人が話しているようにさえ見えた。当時の颯太郎なら、今の寧と年齢的にも大差が無いので、余計に錯覚しそうだ——と。

「あとは、次からはいきなり来ないで、近所の病院で受診してからにしてくださいねって言われて、その日は終了です。安心したやら、恥ずかしいやらで、帰りも泣きながら帰ったらしくて、大変だったって。ちなみに俺は、ポケッとしていた子だったんで、自分が聞こえてなかったことにさえ、気が付いてなかったらしいですけど」

それでも寧は、ここで颯太郎の失敗談だけをするのは気が引けたのか、自分のことも含めて笑って話した。

「そんなことがあったの？　僕、聞いたことがないよ」

士郎も話に乗っかった。

「そうかも。多分、この話が出たのって、士郎が生まれたときくらい？　俺が士郎の耳掃除するって言ったときに、こういうことがあったから、気をつけてね——って。それで聞いただけだから。でも、まあ。人間って、そんなもんだよね」

「だよね」

少しでも祖母の気が紛《まぎ》れればと、意識して声を明るくする。

すると、蒼太の母親が今一度祖母の肩を撫でた。

「ですって、お義母さん」

「……ごめんなさい。ごめんなさい。私、幸子さんになんて酷いこと！」

祖母がその手を取ると、両手でしっかり握り締めて、頭を下げる。

「もう、いいじゃないですか。これは私たちにも責任があるのに、一番辛い思いをしたのは、お義母さんなんですよ。それより、幸太を呼んであげてください。ちゃんと聞こえるようになってるか、確かめてください。いつものように、左側から」

そう言うと、母親が膝に抱いていた幸太を祖母のほうへ向けた。

よく見れば、今だって祖母は母親の左隣に据わっている。

無意識のうちに出来上がった、これが竹内家の所定位置だ。

それでも祖母は、幸太に声をかけることに、まだ不安があったのだろう。

「幸……ちゃん」

まるで蚊《か》の鳴くような声だった。語尾も震えている。

「はーいっ」

だが、それに対して幸太は大きな声ではっきりと返事をした。

「え？　今ので聞こえるの」

「うん！　きこえゆーっ。ばあば～っ」

　驚く祖母に、幸太が嬉しそうに両手を伸ばして抱き付いていく。

「幸ちゃんっ！　よかった。ごめんねっ。ばあばが耳かき下手だったから……。幸ちゃんには、怖くて綿棒しか使えなかったから、こんなことになっちゃって。ごめんねっ」

　幸太をしっかり抱き締めて謝る祖母に、ほんの少しだが笑顔が浮かび、その場にいた誰もがホッと胸を撫で下ろす。

　しかし、士郎だけは今のを見て、さらにハッとした。

「――あ、その声のかけ方も、幸太くんが聞き漏らした原因のひとつかもしれませんね。おばあちゃん、家でも普段から第一声が、すごく優しいんじゃないんですか？　なんというか、どんなときでも怒鳴ることとかなくて、やんわり声をかけるタイプで」

「え？　どうしてそんなことまでわかるの！　士郎の言うとおりだよ。うちのおばあちゃん、いつもそんな感じ。名前を呼ぶときには、特に」

　思いついたままを口にしたが、これには蒼太が声を上げた。

　両親も顔を見合わせて、頷き合っている。

　むしろ、ここまで言い当てられたら、気味が悪いのでは？　と、寧や充功が心配してしまうくらいだ。

「やっぱり。だって、すぐに感情的な大声で呼ばれたら、さすがに幸太くんも右耳で反応するでしょう。これって結局、おばあちゃんの優しいところがたまたま全部裏目にでちゃったってことだと思ったんだ」

それでも士郎が笑みを浮かべながら最後まで言い切ると、蒼太や両親の顔にも、はっきりとした笑みが浮かんだ。

「士郎くん」

当の本人、幸太を抱えていた祖母など、一度顔を上げて士郎の名を口にしたかと思うと、その後は「ありがとう」と俯き、また泣きだしてしまった。

「ばあば〜っ」

「いい子、いい子、ね〜」

そんな祖母を幸太が、そして七生が慰めるように手を伸ばす。

「ありがとう……。幸ちゃんも、七生くんも、本当に——」

すると、ようやく祖母が自らの手で涙を拭った。

朝から一番の笑みを浮かべて、士郎たちを心からの安堵へ導いた。

それから三時間も経たないうちに、体育館の舞台上では、炊き出しの準備が始まった。

いくつもの大きなお鍋で作られるのは、カレーライス。

子供に合わせた甘めのルーを使うが、それが学校の給食のようで懐かしいと大人たちからも好評だ。

役員が中心となって作業に当たっているが、率先して手伝う参加者も多い。

窓から差し込む日の光も手伝い、館内全体が活気に満ちて明るくなっている。

「士郎。ありがとう」

そんな中、改めて幸太を抱いた蒼太が声をかけてきた。

「どういたしまして。でも、よかった。これも寧兄さんの育児歴のおかげだね」

「うん。でも、士郎だってすごいよ。俺、おばあちゃんが左側に立つ癖とか、初めて知った。そんなの、なんでわかるんだよ」

「それは、僕が他人だからだよ」

「他人？」

二人の側では、炊き出しの手伝いに参加できないちびっ子たちを相手に、双葉と充功が〝特設・エリザベスとのふれあい大会〟なるものを開催している。

普段、触りたくても触れないで見ているだけの子供たちが、これには大喜び。

今日もエリザベスは大人気だ。

「いつも当たり前のように側で見ていたら、気がつかないことってたくさんあるでしょう。

そういうのって、きっと家族内より、他人のほうが気付きやすいと思うから」

士郎は、そんなエリザベスの元へ蒼太と幸太を誘いながら、話を続けた。

一瞬「他人」と言われた蒼太は悲しそうな目をしたが、それがたんに家族かそれ以外かという遠い言葉として使われたとわかると、少しホッとしていた。

それでも「友達だからだよ」と言われていたら、間違いなく喜んだだろう。

だが、こうしたときに士郎が最も適した言葉しか使わないことは、蒼太も感覚的に知っている。なぜなら、無意味に周りの機嫌を取るようなことをしない。安易に「友達でしょう」などと口にしたりしないのも、士郎が同じ子供たちから「神童」と称される理由の一つだからだ。

もっとも、士郎本人はそんなつもりで日々過ごしているわけではない。

周りに気を遣って対応するのと、むやみに機嫌を取って謙《へりくだ》るのは別だという認識で過ごしているだけだ。

「そっか」

「なんにしても、誤解が解けてよかったね」

「うん。ありがとう」

ただ、そうした自分の対応が、たまに相手を凹《へこ》ませることには気付いていた。

そして、今もそうだ。

だからというわけでないが、

「あ、でも。代わりに家で何かあったときには、相談にのってね」

士郎はさらっと言葉を付け加えた。

これこそが一瞬にして蒼太を笑顔にする魔法の言葉だ。

「——え？　よく言うよ。でも、そのときは。士郎が困ったときには、絶対に相談して。俺、精一杯話を聞くから。頑張るからさ」

それでも蒼太は手放しでは喜ばなかった。

なぜか、ここへ来て謙虚なことを言い出した。

「まあ、俺の前に晴真や優音たちがいるだろうけどさ」

朝から大分、士郎を独占していたのは、蒼太にも自覚があった。

そして、それを晴真や優音、大地や星夜、他の子供たちがどこからともなくジッと見ていたことに、実はちゃんと気がついていたからだった。

第二章

裏山の落雷と不思議なテディベア

1

快晴の中で開始された避難所生活体験は、夜からのゲリラ豪雨によって本当の避難になってしまった。

〝大変、お疲れ様でした。帰宅するまでが避難所生活体験です！　どうかみなさん、気をつけてお帰りください！　以上です〟

それでも翌朝には再び快晴、お楽しみ時間である炊き出しランチも楽しくできた。

自治会の実行委員長から終了宣言が出されたときには、雨で泥濘《ぬかる》む校庭もほとんど乾いている。

終わりよければ全てよし——などというが、まさにその言葉にぴったりだ。

「それじゃあ、兎田さん。お先に」

「はい。それでは、またあとで」

亀山夫妻は柚希ママたちの車で一足先に戻っていった。

そうして颯太郎たちも「さぁ帰ろう」となり、車を預けていた小学校裏に住む充功の同級生・佐竹の家へ向かった。

今回は家の事情で避難所生活体験は不参加だったが、佐竹は兄弟に憧れている一人っ子。週に二日は充功と登校を共にして、樹季の荷物を「いいよいいよ」で持って、甘やかしているうちの一人だ。

それでも週に二日なのは、この自宅位置のためで、中学校は小学校とは反対側の兎田家の向こう側にあるからだ。

「本当にありがとうございました」

「いえいえ。いつも息子がお世話になってますし。うちは二台目を買う予定もないので、いつでも利用してください」

颯太郎が御礼を言って、立ち話をしている間に、双葉たちが荷物と共に車へ乗り込む。

「おじちゃん。ありがとう」

「ありがとう！」

席へ着くと窓から樹季と武蔵が顔を出す。

「う～ん。相変わらず可愛いお子さんたちだ。息子が早起きしてまで、見送り登校しているのがわかる。気をつけて帰ってね」

「はーい」

ただ、帰宅する車内に、士郎とエリザベスは乗り込んでいなかった。

佐竹の隣で見送りだ。

「それじゃあ、エリザベスを頼むね。士郎」

「はい」

「悪いな。俺がダチと約束してなければ、走らせに行けたのに」

「大丈夫だよ。充功と違って僕だとゆっくり徒歩だけど、その分エリザベスが帰りたいってなるまで付き合えるし。ね、エリザベス」

「バウン」

これから散歩をしながら帰れるのが嬉しいのか、エリザベスがブンブンと尻尾を振っている。

それを見たちびっ子たちも嬉しそうだ。

「士郎くん！　ちゃんとお片付けしておくからね」

「俺も！　しろちゃん、またあとでね～」

「しっちゃ！　えったん。ね～っ」

そうして車は佐竹家の駐車場から出ると、そのまま自宅へ向かった。

小学校から自宅までは二キロ程度。許可を取ればバス通学もできるので、この辺りでは、わりとある通学区距離だ。

士郎は佐竹に一礼すると、

「さ。行こうか、エリザベス」

「バウ」

エリザベスのリードを引いて、道を挟んだ校門の前へ。

そこから通学路になっている歩車道境界ブロックの内側をゆっくり進み出す。

だが、そのときだ。

「カア！」

（――あれって学校裏の大カラス？　何か……運んでるのかな？）

いきなり頭上で鳴かれて、士郎とエリザベスは足を止めた。

見上げたと同時に、何かが落ちてくる。大カラスが足で掴んでいた物を投下したのだ。

「ひっ――!?」

「バウンっ！」

咄嗟に避けられるだけの反射神経がなく、気付いたときにはエリザベスに押されて、その場に尻餅をついた。

落下物は身代わりになったエリザベスの頭上にボトンと落ちる。

「痛いっ！」

「っ!?」

一瞬、自分かエリザベスが声を上げたかのようなタイミングだった。

しかし、士郎は声を出していない。エリザベスにしても、まさかそれはないだろう。

だが、エリザベスの頭で弾かれ、地面へ転がったのは、年季の入った上に薄汚くなったテディベア――首に赤くて大きなリボンを着けた茶色いクマの縫いぐるみだ。

七生ほどではないにしても、けっこうそれに近いサイズのものだ。

「痛たた……っ」

（え⁉）

さらに子供の、それも武蔵くらいの男児らしい声が聞こえる。

士郎は思わず目をこらす。

「あの大カラス！　なんてことをしてくれるのじゃ。もっと労《いたわ》らぬか罰あたりめ！」

すると、エリザベスの頭か地面で打ったらしい腰の辺りを摩りながら、ヨロヨロとクマが起き上がった。

これが幻聴や幻覚でなければ、クマは大カラスを見上げて文句を言っている。

「カァ～」

どう答えたのかはわからないが、大カラスはそのまま学校の裏へ飛んでいく。

士郎とエリザベスの視線がクマから大カラスへ向かうも、それきりだ。

なんだか目線を戻すのが躊躇われて、カラスの姿が見えなくなっても、空をジッと見てしまう。

「まあ、よいか。おい、童《わらべ》。そなたが士郎であっておるよな」

だが、そんな士郎の腕を気安くポンポンと叩いてくるゴワゴワした物体。

しかも、なぜか名指しされている。

士郎は背筋をビクッとさせると同時に立ち上がった。

「悪戯《いたずら》しないでエリザベス」

今のが日頃から手入れの行き届いたエリザベスの毛質ではないことぐらい、士郎もわかっている。当然、肉球でもない。

エリザベスも「違う違う」と言わんばかりに、首を横に振っていた。視線もチラチラとクマにやりながら「こいつだよ」と訴える。

しかし、どうしても士郎には認められない。

いきなりカラスから落とされたクマが、それも小汚い縫いぐるみが言葉を発して二本足で立つなんて──。

自分の腕を、妙に馴れ馴れしく叩いてくるなんて！

（まさか白昼夢《はくちゅうむ》？　もしかして僕、実は熱中症か何かで倒れてる？）

「おい、士郎。無視をするでない！　吾《われ》がこうして──」

「──あ、まだいた。士郎！」

すると、そんなときだった。

荷物の片付けで遅くなったのか、今頃校門から出てきた原田律が声をかけてきた。

クマはその場でペタンと尻をつくとクタッとしてエリザベスの足下に寄りかかる。

「くぉん……」

そうとう迷惑そうな声を出すエリザベスだが、士郎の意識はすでに律に向いている。

「原先輩」

これ幸《さいわ》いと返事をした。

ただ、もしこれが現実なら、士郎は熱中症で倒れた果てにおかしな悪夢を見たことには、ならなくなってしまう。

それはそれで困る。

「今、一人？　というか、一人とエリザベス——だけ？」

律は士郎の足下に座ったエリザベスの姿、そしてクマにも目をとめたが、特に気にする様子はない。薄汚れてはいるが、それ相応のサイズのクマだ。単純に兎田家の持ち物と判断したのだろう。

何せ、男子ばかりの兄弟であっても、末弟の七生はまだ幼い。

寧から続くお下がりかなと思えば、年季の入った縫いぐるみを持って遊んでいても、またこうしたものを避難所体験に持ってきていたとしても、さして不思議がないからだ。

「はい。散歩させながら帰るので、僕らだけです」

「そしたら、五分だけいい？　帰る前に星夜や晴真、大地には謝れたんだけど。士郎だけ、まだだったから」

どうしたのかと思えば、昨夜のことだった。

律としては、あの場のやり取りだけでは、心許なかったのだろう。

理由が自分のことではないだけに――。

「そんな、気にしないでくださいよ。それより、その足は大丈夫なんですか？　捻挫《ねんざ》とか骨折ですか？　無理してませんか？」

とはいえ、実のところ士郎もこれが気になっていた。

律は意表を突かれたような顔をしている。

「あ、これ？　やったの三日前だし、軽い捻挫だから直ぐに治るよ。祖父《じい》ちゃんの真似したら、梯《はしご》から落ちちゃって」

それでも照れくさそうにしながら説明してくれた。

士郎が思った以上に、本人とっては恥ずかしい失敗だったらしい。

「梯？」

「うちの祖父ちゃん、渡り大工なんだ。って、言ってもわからないか」

「え!?　それって宮《みや》大工さんのことですよね？　神社や仏閣なんかの建築、補修を専門にする大工さん。すごい！」

律から祖父の話をされて、士郎は昨夜のことを今一度思い出す。

中肉中背で七十歳前後くらいの男性は、口調が少し荒っぽい上に地声が大きそうなタイプだった。

しかし、こうして彼の仕事を知ると、

（ああ、声が大きかったのは、それもあるのか）

士郎は納得をした。

常備インカムのような通信機器を使用している作業現場でない限り、仕事で大声を出していれば、自然と地声もそうなっていく場合がある。

ましてや律の祖父の世代なら、怒鳴って怒鳴られても今ほど問題視されていなかったし、そうして当たり前のように仕事をしてきただろうからだ。

「いや、これ言ってすぐにわかる士郎がすごいよ。初めてだ。嬉しいよ！」

しかも、思いがけないところから、律の顔がパッと明るくなる。

確かに大工はよく聞いても、渡り大工や宮大工は、あまり耳にすることがない単語だからだろう。小学生ではなおのことだ。

おかげで大分会話が弾み始める。

「でも、梯からって。まさか、屋根の修理にチャレンジとか？」

「違う、違う。鳥の巣箱を作ったから、庭の木に付けてたんだ。これから夏休みだし、俺や利久斗の絵日記や自由研究に使えるかなと思って」

「わ。いいお兄ちゃんですね」

「そんなことないよ。自分用でもあるし」

昨夜から沈みっぱなしだった律に、心からの笑顔が浮かぶ。

これだけでも、士郎は話を聞いてよかったと感じる。

「昨日は、本当にごめんな。親子揃って。特に、うちのお母さんは士郎のお父さんにも、サインがどうこうって、迷惑をかけたんだろう。なんていうか、昔からずっとあんな感じで――。本当に参るんだけど、最近は弟まで似てきちゃってさ」

それでも律は、改めて謝ってきた。

どういったタイミングでサインのことを知ったのかはわからないが、昨夜のあとなら、そうとうショックだっただろう。

そんなことまでしていたのか⁉　と、士郎なら目眩《めまい》がしそうだ。

利久斗の我が儘と母親のそれでは、やはり比べものにならない。

「利久斗はさ……。幼稚園の頃に声をかけられて、幼児雑誌に載ったことがあって。その勢いで東京にある劇団へレッスン通いを始めたんだけど。なんか――、それで変な自信を付けたのか、以前にも増して我が儘がひどくなってきたんだ」

話の流れからか、律が悩みを口にした。

士郎は黙って聞くことを選択する。吐き出して少しでも楽になることがあるなら、それに越したことはないという思いからだ。

「もともと可愛いほうだから、母さんや親戚にも甘やかされてはきたんだけど――。最近では、劇団の大人からまでチヤホヤされるようになったのかな？　自分が可愛いだけでなく、偉くなった、なんでも思い通りになるって、勘違いをしてるみたいで」

もちろん士郎とて、聞いたから何ができるわけではない。

ただ、これまでの経験からすると、最初の一言が言い出せなくて、一人で悩んでいる子が多かった。

特に家族間のことになると、

〝恥をさらすようで〟

〝悪口になりそうで〟

〝余所で話したことが知れたら、怒られるかもしれない〟

などの感覚が芽生えるのだろう。

〝どうせ言っても聞いてもらえないかもしれないし。迷惑がられるだけかも〟

〝友達に馬鹿にされるかも〟

これらもある。

それでいっそう、口を噤んでしまうのだ。

しかし、自分ではどうにもできない悩みであれば、誰かに知ってもらうことから、解決の糸口を掴んでいくしかない。

勢いやタイミングもあるだろうが、蒼太が士郎に悩みを打ち明けたのも、結局は自分ではどうすることもできなかったからだろう。

「でも、昨夜は士郎にガツンと言って貰ってよかったよ。生まれて初めて、可愛くないって言われて、けっこう効いたと思うし。もちろん、本当なら、俺が言わないといけないんだけど——。でも、あいつ。もう、俺の言うことなんか、ちっとも聞かないし。俺も、どうせなら樹季みたいな素直で可愛い弟がほしかった。士郎が羨ましいよ」

ただ、悩みが愚痴になってきたかな？　と、思ったときだ。

やけに強い視線を感じて律から目を逸らすと、校門の影から顔を覗かせる利久斗がいた。士郎と目が合った瞬間、口をへの字に結んだ。が、すぐに「あっかんべー」をして、学校の敷地内に逃げていく。

「……利久斗くん」

どうしてここに？　と考えつつも、士郎は今見た利久斗の姿を、もう一度確認した。

これまで見聞きしてきたことを何一つ忘れずにいて、まるで録画を見返すように脳内で正確に、また好きなように再生できるのは士郎が生まれ持った特技。医学的には、超記憶症候群——ハイパーサイメシア——と思われる特殊能力だ。

（今の顔、かなりショックそうだった。それに、今朝の七生にも似ていて――）

しかも、こんなときだが、比較対象に七生の顔も思い出す。

「あ、昨夜はお母さんだけタクシーで帰ったんで、お祖父ちゃんが役員さんに謝りまくりでさ。ただ、利久斗はふて寝してたけど、一番この避難所体験を楽しみにしてたから。まあ、晴れたし、炊き出しもあるし、そのうち機嫌がよくなったら、ちゃんと謝らせるよ。――って、これじゃあ駄目だよな。利久斗の機嫌に関係なく、ちゃんと駄目なことは駄目って言って、謝ることを教えなきゃ」

そうして士郎が利久斗のことを確認している間も、律は士郎に説明をする。

「俺が士郎や充功さんみたいに、カッコイイお兄ちゃんだったら、利久斗ももう少し言うこと聞くんだろうけど。これって取り柄もないし、周りに埋もれてるし。きっと馬鹿にされてるんだよな――」

手を焼いているのが、昨日今日ではないのだろう。

とうとう律は、自虐的《じぎゃくてき》なことまで言い出した。

だからというわけではなかったが、士郎は自分が気付いたことを口にする。

「そんなことはないですよ。昨夜のことで、ちょっと思ったんですけど。もしかしたら、利久斗くん。原先輩のためにキャンプベッドを借りたかったんじゃないですか？」

「――え？」

「足です。怪我をしているから、床に直接寝るよりも楽だろうって。いいこと思いついた！　で、貸して貸してやったんじゃないかな――って」

「まさか」

「だから、もしかしてです。でも、お母さんと帰らずに、ここに残ったってことは、お兄ちゃんやお祖父ちゃんとお泊まりしたかったのかもしれないし」

そう。士郎にはショックそうで、悔しそうな今の利久斗の顔が、寧に耳かきをしてもらった幸太に焼きもちを焼いていた七生のそれと、同じ感情から浮かんだ表情だと思えた。

と同時に、

〝そうだ。おじいちゃん。おばあちゃん。双葉くんとみっちゃんが、ここにベッドみたいな寝るところを作ったからね。士郎くんや僕たちも手伝ったんだよ。テントの敷物を畳んで重ねたから、ここならきっと腰とか背中とか痛くないよ。手も足も頭も、みーんな大丈夫だと思う！〟

樹季の言葉を思い出したのもあり、こうした考えに至ったのだ。

すると、これを聞いた律が「え？」と驚きはしたが、

「――そうだったら、いいんだけどな」

「可能性はゼロじゃないってことで」

「そうか……。可能性か。そうだよな、ありがとう。士郎」

少しは気分が浮上したようだ。

そういう取り方もできるのかと知れば、利久斗の我が儘に対する見方が変わる。

「――なんか、こうして話をすると、士郎が人気者な理由がわかるよ。言葉で言うのは難しいんだけど……。するっと、ありがとうって言える。ごめんって、出てくるから」

しかし、こうして話すうちに、すでに五分は過ぎていたのだろう。

「バウッ！」

「っ！」

エリザベスが突然声を上げた。

（ん!?）

見ればクマの姿勢が先ほどと少し違ってる。

おそらくエリザベスに何かをして、声を上げさせたのだろう。

士郎がキッと睨むも、しらっとしたクマの表情は変わらない。

元々無表情に近い風に作られている分、逆にそれが士郎をイラッとさせる。

「あ、待たせてごめんな、エリザベス。長くなって。士郎も、悪い。ちょっと謝るだけのつもりが――つい」

「いいえ」

「ただ、これだけは。間違いなく樹季と武蔵って、素直で可愛いよな。俺もめげずに利久斗を躾し治すよ。今みたいな我が儘を言わないように、せめて素直にはいって言うように。頑張って、言い聞かす。だって、今のままだと、友達ができないだろうし。できても、なんか――、最悪なことになりそうだからさ」

それでも士郎がここで話を聞いた甲斐《かい》はあったようだ。

律は両手に握り拳を作ると、「友達」と言ったとこで、グッと力を込めた。

どんなに愚痴をこぼしたとこで、兄は兄だ。

律にとって利久斗は、掛け替えのない弟なのだろう。

「あとは……。図々しいお願いだってことはわかってるんだけど、もしちょっとでも利久斗が今よりよくなったら、一緒に遊んだりしてやってほしいんだ。俺は六年だし、来年は中学だし――」

そうして拳を解くと、律は今一度士郎に頭を下げてきた。

士郎にも弟が居る。それも武蔵が一年になったときには、自分は六年だ。

樹季がいるので――とは思っても、やはり卒業後の心配はするだろう。

そうでなくても、その下には七生がいる。

何より自分だって、そうして充功に心配をされたのだから――。

「はい。わかりました。では、まず。あの〝いいな、いいな、ずるい〟と〝ケチ、意地悪、ずるいビーム〟の封印をお願いします」

士郎は少し茶化《ちゃか》すように言ってみた。

しかし、これが利久斗の我が儘を矯正《きょうせい》すると決めた律には、わかりやすり目処《めど》になるはずだ。

「うわ～っ。ハードルが高いな。いや、でも。わかった。頑張るよ。じゃあ、また」

「はい」

律にも士郎の気持ちが通じたようだ。

その後は身を翻すと、少しばかり捻挫の足を引いていたが、まだ校内に残っているのだろう利久斗や祖父の元へ戻っていった。

士郎は最後までその後ろ姿を見送った。

(躾をし直す――か。利久斗くんが、ああ見えても実は律くんが大好きでとかなら、全然希望はある。もしかしたら、反抗期が重なってることも考えられるし。けど、それでもある程度の年齢まで、我が道を行く、でやって来たお母さんってなったら、軌道修正は難しいだろうな……。律くんはお祖父ちゃん子みたいだから、あんまり影響は受けなかったのかも知れないけど)

他人が立ち入ることではないと思いつつ、律も心労が絶えないのだろうな――とは、想像が付いた。

「ひっ!!」

――と、いきなり膝の裏をパンと叩かれ、士郎はか細い悲鳴を上げた。

「くぉ～ん」

見ればお座りしているエリザベスを背もたれにしながら、クマがこちらを見上げている。

ということは、叩かれたのではなく、蹴られたのかもしれない。

そう思うと、一気にムカついた。

しかも、何度見てもその小汚さと作られた無表情さは変わらない。

これがまたムカつきのみならず、苛つきを倍増させる。

「やっと終わったのか。吾を待たせるなど、まさに神をも恐れぬ奴だ！」

今すぐ「お前は何様のつもりだ！」と胸ぐらを掴んで、首がもげるほど振り回してやりたい。

だが、士郎としては、自分から手を出したくないレベルで、クマが小汚いのだ。

ましてや大カラスに運ばれてきたものだけあって、どこかのゴミ捨て場から拾ってきたのかもしれないしと思えば、潔癖《けっぺき》なわけではないが、やはり自分からは遠慮したい。

家にはまだまだ免疫《めんえき》の弱い七生や武蔵だっているのだ。

そう考えたら、自然とエリザベスのリードを引っぱり、後ずさりしたくらいだ。

「おっ、終わったかじゃないです。エリザベスを使って急《せ》かすなんて――。不法投棄されたクマの分際《ぶんざい》で、何を偉そうに。というか、勝手に寄りかからないでください。エリザベスが汚れるじゃないですか」

「何をする！　これは世を忍ぶ仮《かり》の姿、吾はこの地の氏神。神様じゃぞ！」

丁度よい背もたれを取られるだけでなく、不法投棄と言われて、クマがギャーギャー言い始める。

「氏神様？　それって何神様？　名前は？」

「名前はない。だが、とにかく神様じゃ」

「え？」

これこそ何の冗談かと思うが、ここまで来ると、むしろ全てが冗談のほうがいい。

いきなりのこと続きで驚いたが、もしかしたらこのクマ自体がロボットか何かなのかも知れない。どこかで遠隔操作され、声まで出して、自分をからかっていると思うほうが、むしろ納得がいく。

（こんなことができるのって、まさか——繚《りょう》くん⁉）

士郎はふと、都内在住で全国の中学生の頂点に立つであろう、吉原《よしわら》繚のことを思い浮かべた。

国内屈指の進学塾の中でも、最年少で特待生《とくたいせい》になっている彼は、中学一年生にして大人顔負けのハッカーでもある。こうしたメカもののプログラミングなら、士郎よりもずっと知ってるし、得意だろうと考えたら、全部彼の悪戯に思えてきた。

しかし、そうなると、士郎も容赦がない。

一度は引いたが、前へ出た。

「何がハッなのだ！　童ごときが鼻で笑いおって！　実態も見えないまま声だけ聞こえたら、さぞ怖いと思うて。これでも気を遣ったんじゃぞ！　ビビっておねしょでもされたら、親御殿《おやごどの》が困ると思うてな！」

「誰がおねしょなんてするんです!!　だいたい、これのどこに気遣いがあるんです？　実態が見えないなら、空耳かなで済ませるだけですよ。驚かないです。けど、何処の世界に空から降ってきた小汚いクマがいきなり立って話し始めて、驚かない人間がいるんです？　というか、これもう――怖いとかって次元じゃないですよ。心底から不気味なだけですよ！　いい加減にしてください、繚くん！」

クマの言い分に答えながらも、辺りをキョロキョロと見回した。

遠隔とはいえ、これだけ達者《たつしゃ》に動いて話すクマだ。

そこまで距離は取れないだろうと考えたからだ。

「ぶっ、不気味じゃとっ！　しかも、いきなり誰じゃ、その繚とは」

「しらを切ろうとしても、駄目ですよ。どこから操作してるんですか？　それに、その作り込んだアニメキャラみたいな話し方もやめてください」

しかし、繚らしき者の姿は見当たらない。

どこかに隠れている気配も感じられない。

エリザベスに「いる？」と確認しても、ここは首を振られてしまった。

「というか、悪戯なら悪戯で構いませんけど、もう少しこのクマどうにかならなかったんですか？　なんでまた、こんな小汚いクマを――」

こうなると、近くには居ないらしい。

では、どこから？　と、士郎が改めてクマを見下ろす。

おそらくだが、瞳のどちらかにカメラを仕込まれていると思ったからだ。

「性能的にサイズがコンパクトにできなかったのは仕方がないとして、予算が足りなかったのなら、一言僕に相談してくださいよ。縫いぐるみだけなら、お年玉貯金で新しいのを買って協力したのに。こんな面白いロボット製作！」

「――しょっ！　しょうがなかろう。裏山には手っ取り早く憑《つ》けるご神体《しんたい》が、これしかなかったのじゃ。奴らの危機を一刻も早く童に知らせねばと思うたからこそ、吾だってこのようなばっちい姿になっているというのにっ！」

だが、ムキになって話すクマの言い分に、士郎が引っかかりを覚えた。

それも、今の言葉にはエリザベスまで反応している。

「裏山？　奴らの――、危機？」

「そうじゃ。昨日の落雷で祠《ほこら》が、狭間への扉が壊れた。そのため、童の家の裏山に住む野犬たち一行が、こちらの世界へ戻ってこられなくなってしもうたのじゃ」

クマがさらに話し続ける。

今度はもっとはっきりとした内容だ。

ただ、これが士郎の中に、新たな引っかかりを生み、謎を生む。

「え？　ちょっと待って。もしかして、本当に繚くんの悪戯じゃないの？　しかも、昨日の落雷で幹の洞《ほら》が――までは、わかるけど。ご神体が祀《まつ》られていた祠が壊れたって――、そんなの見た覚えがないよ。しかも、そのために扉が壊れて、野犬たち一行が戻ってこられなくなったって……、意味がわからない。結局、彼らはどこへ行って、戻って来れなくなったの？」

こうなると、話し相手が誰などと気にしている場合ではない。

士郎にとっては、エリザベスを通して心を通わせているとはいえ、もはや裏山の野犬たちは友達であり、何かのときには協力し合える大切な仲間だ。

しかも、一行と言うなら、戻ってこられなくなっているのは、野犬たちとよく行動を共にしている野良猫や野鳥などの野生動物も含まれるのだろう。

すると、クマが改めて士郎の目を見て言った。

「狭間世界じゃ」

「狭間世界？」

「この人間界と神々や精霊たちが住まう天界の狭間にある、まあ、士郎たちで言うところの〝異世界〟じゃな」

「――!!」

ここへ来て、また衝撃的な言葉を聞いた。

士郎は双眸を見開くと、これに返すべく言葉が浮かばない。

ただ、このとき巣に戻ったとばかり思っていた大カラスが、校門の上に止まって、声を上げた。

「カァ～。カァ～」

それはまるで、クマの話を肯定しているようだった。

〝そう！　だから奴らを助けてやってくれ〟

――と。

2

士郎はその足で、まずは裏山へ向かった。

「アウ～ン」

「楽チンじゃ～」

まさか通学路を縫いぐるみと連れだって歩くわけにも行かないので、クマはエリザベスの背に乗せた。

大きさはあっても、そこまで重いわけでもないので、移動自体はエリザベスも苦《く》ではなさそうだ。

「いつ誰とすれ違うかわからないから、声は出さないでって言ったでしょう」

「そなたは頭が硬いな～っ」

「いいから、黙って」

「――――!!」

しかし、気を抜くと直ぐにしゃべり出し、乗馬気分を味わおうとするので、士郎はそのたびにクマの後頭部を押さえて、前のめりに伏せさせた。

さんざん「小汚い」を連呼したあとだけに、乗せるエリザベスには申し訳なかったが、そこは「あとで綺麗に拭いてあげるから」で納得してもらう。

「はぁ。はぁっ。はぁっ」

そうして、いつもより足早に移動しながら、竹林が生い茂る小高い山へ到着する。

とくにこれという名前もなく、地元民からは「裏山」と呼ばれているが、このことがおそらくは、氏神《うじがみ》クマの名無しにも通じているのだろう。

かといって、こうしたことにはとんと疎《うと》い兎田家では、この辺り一帯の氏神神社がどこにあるのかさえ、気にしたことがない。

以前、「お隣さんから聞いたんだけど。この地域の住民を形だけ氏子《うじこ》とした担当神社があるんだって」などと颯太郎と寧が話していたのを耳にしたことはある。

だが、その肝心《かんじん》な神社の名前や場所を颯太郎が忘れてしまい、「担当神社があるんだって」「へ～」で話が終わってしまったのだ。

これでは思い出しようもない。

(それにしたって、こんなに家の近くで雷が落ちたんじゃ、柚希ちゃんママたちやお隣のおじいちゃんたちも、さぞ怖かっただろうな。そりゃ、避難所移動も即決するはずだよ。せめてもの救いは、山火事にならなくてよかった――ってところかな？)

そんなことを思いながら、士郎はエリザベスに引っぱってもらう形で、小高い山の斜面を登っていく。

いつ頃からあるのかわからないが、足下には苔生した古い枕木《まくらぎ》が点々と置かれて、これが階段代わりになっている。

頂の野原までなら、士郎の足でも十分程度で上がれる距離だ。

(――本当に。そこだけは吾も運がよかったと思う。山火事となったら、奴らが帰れる場

所さえ焼き尽くされてしまうところであったしな～）

　だが、ここで士郎の頭の中に、クマの言葉が直接響いて来た。

　声が耳に届く感じと大差は無いが、しかし微妙に違う。

「はい？」

　思わずエリザベスと共に前を行くクマの背中を見てしまう。

　すると、クマはくるりと振り返り、

（そなたがしゃべるなと申すので、念《ねん》を察知し、こちらからも送ってみただけじゃ）

　心なしかニヤリと笑って見えたが、これは目の錯覚だ。

　基本が無表情な作りのクマだけに、見る角度やこちらの気の持ちようで、そう見えることもあるのだろう。

　能面が多様な表情に見える情動キメラ――メカニズムと一緒だ。

　しかし、今の問題はそこではない。

（――え!?　ということは、僕が考えたことが、クマに伝わってしまうってこと？）

　士郎はあえて声には出さず、クマに話しかけてみた。

（伝わるのではない。吾が意識して力を使い、察知するだけじゃ。逆に、こうして念を送っているのも、吾の力じゃ。そなたの力ではないゆえ、勘違いするなよ）

　ようは、士郎がエリザベスの首輪にマイクをセットし、好きなときに受信し、ときにはいきなりマイクを通して返事をしたり、話しかけているのと一緒だろう。

そう考えると大反省だ。

「しないよ。けど、代わりにマナーは守って。今後は僕の思考を勝手に読みとらないで。まずはそちらが念を送って、僕が答えたところから会話スタートってことにして！　そうでないと、うっかり何も考えられない」

士郎はクマに条件を出しつつ、この件に関しては、あとでエリザベスにも相談しようと思った。

エリザベスの気持ちがわかって嬉しいイコール、エリザベスが知られて嬉しいとは限らない。

少なくとも〝ササミ～♪〟に関しては、プライバシーの侵害かもしれないので。

「知られてマズいことは考えないことじゃ」

「そういうことじゃない」

「ほれほれ。到着したぞ」

「――!!」

そうして木々に覆われる頂上の中央、こぢんまりとある野原に着いた。

裾野の広がりに対して、そう広い場所ではない。

それでもどこからともなく辿り着いた野良犬たちの集団には、無くてはならない憩いの場所であり、おそらく住み処《か》の一部だ。

もしかしたら、その狭間世界と行き来をすることで、保健所などの目を逃れて、保護という名の捕獲をされずに済んできたのかもしれないが――。

とはいえ、士郎は目の前に広がる野原の惨状に目を見開いた。

「これが落雷のあと。まるで地面に雷を描いたように衝撃の走ったあとが残っている」

直接木々には落ちなかったことで、出火こそは逃れたのだろう。

だが、落ちた場所を中心に四方八方に伸びた亀裂の先の一つに、問題の幹に洞のある大木があった。

大木そのものは持ち堪えているが、幹にあった洞はと言えば、根元に走った衝撃のためか、少し破損して広くなったように思える。

ただ、それとは別に側まで寄って中を覗くと、以前に見たときよりも奥行きがあった。

「あれ？　こんなに中が広かったの？　ここってけっこうな頻度で野犬が寛《くつろ》いでたから、見落としたのかな？　けど、奥まで入り込んでいた犬は見たことがない。雨を凌いでいたときでさえ、どうして――。ってことは、やっぱり中に祠があったから、そこまで身体を入れられなかったってことか？　物理的に考えたらそうなるけど……」

これが元からのものなのか、今回の落雷の影響で中にあったという祠が壊れたためなのかはわからないが、士郎が気づけなかったことだけは確かだ。

奥行きにしても、祠と呼ばれる物の存在にしても。

そもそも見ただけではわからないような作りで、あえて人目を避けるように工夫して作られたのもしれないが――。

いずれにしても、現状の洞は中にまで亀裂が入り、クマの言う祠はそのことによって壊れてしまったのだ。

と同時に、異世界へ通じていたらしい扉も――。

「エリザベス。みんなを呼んでみて」

「オン」

士郎は一応の確認として、エリザベスに声かけを頼んだ。

「バウ――ン。バウン、バウン。バウ――ン」

すると、エリザベスがいつも野犬たちと交わしていた遠吠えをする。

しかし、返事はどこからも来ない。

「やっぱり誰もいないの？　エリザベス」

「くぉ～ん」

「そう……。ロットワイラーも秋田犬も。茶トラもカラスも。他の野犬や野良猫たちも。みんな、この幹の洞、扉の向こうの世界にいるってことなのか。それも、同じ地上の別の場所へ移動するわけじゃなく、まったくの異世界。それも、神々や精霊たちの天界と、この人間界の間にある世界へ」

「くぉ〜ん」

「カァ〜」

士郎はエリザベスに話しかけるようにしながら、声に出して現状を確認していった。

そうして、再び頭の中でメモを取るようにして思い描いていく。

「ところで、クマ。例えばこの人間界をそのまま地球上と設定して、天界を宇宙と考えたとき、狭間は大気圏みたいな部分って思っていいのかな？」

実際の位置関係がどうなっているのかは、わからない。

ただ、士郎としてはざっくりとでも理解するための目処がほしかった。

しかしクマは、その場に仁王立ちをして、何やらムスッとした雰囲気を醸し出している。

「どうも気になる。クマ、クマ、クマと。吾は神様じゃぞ」

士郎に呼び捨てにされていることが気に入らないらしい。

士郎は、自分から急き立ててここへ来たくせに――と思いつつ、

「そこは今はなしにして。僕も深くは追求しないから。それに、クマに向かって神様とか呼んでたら、自分がおかしくなったかなって錯覚しちゃうし」

「何をっ。大昔からこの地を守り続けてきた吾に、無礼であろう！」

「でも、そもそも自己紹介できる名前がないんでしょう？　そしたらもう、クマでいいじ

ゃない。もしくはクマさんくらいで」

妥協案を提示する。

「……ならば、せめてクマさんじゃ」

渋々了解したクマが、足下の小石を蹴っている。

仕草だけならちょっと七生や武蔵に似ていて可愛い――と思ってしまった。

だが、それが読まれているのか、クマが顔を上げると、若干機嫌がよくなった雰囲気を醸し出す。

表情がないので、あくまでも発せられる雰囲気を察する感じだが、それでもスムーズなコミュニケーションの取り方は大体理解できてきた。

このさい負の意識は極力持たないよう、愛着を持って接することを心がける！

これに尽きる――と。

「はい。わかりました。なら、クマさん。話を戻すよ」

「うむ」

「単刀直入に聞くけど、僕はどうしたら彼らをこの地に戻せるの？」

「この祠を元に戻すのじゃ」

クマの手は洞の中を指していた。

「直せば――ってこと？　でも、僕は不器用だし、日曜大工のまねごとはできないよ。そもそも祠の原型を知らないし、どう考えても直すのは無理な気がする。その場合、代わりに既製品の祠を買って来て置くとかでもいいの？」

いきなり自身のキャパシティーを超えてきた。

自慢ではないが、工作は不得手だ。

また、当たり前のことだが、見たこともない物を、資料も無しに再現するのは、士郎でなくても無理だろう。

だが、社会一般的に祠や神棚のような神仏系のアイテムは、買うにしても高額なのでは？　という心配は起こった。

自宅には、まだ真新しい仏壇一式が置かれているが、それなりの価格だった。

もちろん颯太郎は、自分や子供たちが一緒になって選び、納得した物を購入したので、そうしたところは気にしていないが――。

「最悪それでも構わぬが。しかし、このご神体が収まるだけの大きさぞ」

すると、一緒になって考え込んでいたクマが、自身を指した。

士郎は思わず、洞そのものの大きさや奥行きとクマを見比べる。

なぜかエリザベスや大カラスまで一緒になって首を振っている。

「――え!?　クマさんが収まるサイズなの？　ってことは、祠って名ばかりで、このクマをあの幹の奥に入れて、ただ蓋をしたって感じ？　あ、でも――。そう考えたら、僕がこれまで見てきた洞の奥行きとは合ってるかもしれない。どうしてそれが〝祠〟っていう扱いになったのか、しかも中身のクマがご神体扱いになったのかは、わからないけど。サイズと状況は納得がいく」

正直言って士郎には、一般的な神仏系の決まり事は、進んで勉強をしたことがないので、なんとなく見聞きしたことくらいの知識とイメージしか持っていなかった。

だが、それらと比較しても、ここのルールは何から何まで変だ。

しかし、いきなり神を名乗る縫いぐるみのクマが現れて、異世界への扉がどうこう、そこから出てこられなくなった野犬たちがどうこうと語っているだけで、すでに変のフルコースだ。

この上何を言われたところで、もはや気にする気にもならない。

ならば目に見えるもの、物理的に理解、説明ができることを優先するほうが、精神的にも楽だし、早急の解決に繋がる気がしたのだ。

「でもまあ、鰯《いわし》の頭も信心《しんじん》からって言葉があるくらいだし。八百万《やおよろず》の神様がいるらしいこの国なら、クマも鰯の頭も変わらないか」

——そなたはそこを一緒にするか！

と、今度はクマが身を乗り出したが、敢《あ》えては突っ込まずにいたようだ。

「そなたは賢いのか、いい加減なのか、微妙じゃの」

それでも溜め息交じりに、これだけは漏らした。

両腕を広げて、やれやれなポーズまでとる。

「臨機応変で心が広いと言って。縫いぐるみに神様だって自己紹介されるほど微妙じゃないよ。今だってそうとう妥協をしているけど、僕にとってクマさんは非科学的な現象サンプルか、もしくは丸ごと夢を見てるのかな？　って扱いのいずれかでしかないからね」

しかし、迂《う》闊《かつ》なことを言えば、二倍三倍になって返ってくる。

「むーんっ」

クマにとっては相手が悪かったとしかいえないが、士郎は士郎で伊達《だて》に「神童」とは呼ばれていない。

特に理屈も屁理屈も捏ねさせたら、神様でもタジタジだろう。

何せ、生まれてたった十年しか経っていないにも拘わらず、どれだけ理不尽な人間、特に大人と対峙してきたかわからないのだ。

クマがクマなりの理《ことわり》を持ち、またそれが一本筋の通った物なら、士郎にとってはそこを踏まえてしまえばいいだけなので、さほど会話するにも苦労はしない。

理解もできる。

そう考えると、やはり人間以上に面倒くさい生き物はいないということだろう。

「ところで、狭間世界がこちらに通じている場所って、他にはないの？」

――と、ここで少しふて腐れ気味なクマに聞く。

他愛もないやり取りをしていても、士郎は常に問題解決への糸口を何通りも探していた。

「それは無数にある」

「え？　そうしたら、そこから出て来て、ここへ帰ってくることはできないの？　ここの近くに他の出入り口はないの？」

「そうしたこともできなくはない。ただ、ここから一番近い扉となると新宿辺りじゃ」

クマから思いがけない答えが返ってくる。

「新宿？　そんな大都会にも、異世界へ行き来できる扉があるの？」

「ある程度の条件が揃えば扉は通じる。ただ、吾が知る限り、今現在ここから一番近いのは新宿の扉だ。しかし、そこから出たところで、奴らがここまで無事に戻れるとは思えんでな――」

そうしてクマが、クマなりに考えた末に、士郎を選んで助けを求めて来た。

また、この地の祠の修復を依頼してきたことがわかった。

「あ。そうか。それこそ、僕が迎えに行ければいいけど……。そうでなければ、さすがに無理か。自力でここへ戻ってくるとなったら、下手をすれば保護、捕獲されちゃう」

野良猫や野鳥たちなら、まだ人の目を上手くごまかせる。

しかし、野犬となったら話は別だ。そうでなくとも、彼らはロットワイラーや秋田犬など、犬種がはっきりわかる元ペットたちの集団だ。

それも迷子で野良になったわけでもなさそうな、おそらくは捨て犬たちだ。

人の手で保護されても、引き取る飼い主がいない。

運良く、施設などから新たな里親に譲渡されればよいが、そうでなければ一定期間ののちに処分されてしまう。

「勝手なものよの。人間は」

士郎の胸がズキンと痛んだ。

「ごめんなさい」

自然とその思いが口をつく。

これにはクマもハッとする。

「そなたが謝ることではない」

――士郎を責めるつもりで言ったわけではない。

それは士郎にも伝わってくる。

ただ、それを理解して尚、士郎はクマに向けて微苦笑を浮かべると、

「でも、僕はそういう世界に生まれて生きている者だから」

現実だけを見据えて、クマに、そしてエリザベスやカラスに告げた。

「さようか」

これはこれで、クマも士郎の意思を理解したようだ。

「くぉん」

「カァ〜」

すると、エリザベスが身を寄せ、大木の枝に止まる大カラスは慰めるように鳴いた。

それでも俺たちは友達だ。

助け合える仲間だ。

だから今は、力を合わせて異世界に取り残された仲間を一緒に助けよう——と。


——いずれにしても、今日はこれ以上何もできない。

そう判断すると、士郎は西の空へ太陽が傾いていく中、裏山から下りた。

先に隣家へ顔を出すと、玄関先に出てきた花に事情を説明する。

「ごめんなさい。少しエリザベスを汚してしまったので、家で綺麗にします。このまま一晩、預かってもいいですか？」

「まあ、そうなの。エリザベスったら、はしゃいじゃったのかしら」

エリザベスの背には、くたっと死んだふりをするクマが乗っていた。

これが汚れの原因のひとつであるのは見てわかるが、裏山を上り下りしたところで、足下も充分泥だらけだ。

士郎にしては、思い切った遊びをさせたものだと見られただろう。

しかし、花は嬉しそうなエリザベスの顔をみて、よしよしと頭を撫でる。

「あらあら、たくさん遊んでもらってよかったわね。クマちゃんはどこかで拾っちゃったの？　士郎ちゃんってば、優しいから――」

「バウ～ン」

どうやら初めて見るクマは、エリザベスが拾って気に入ってしまったものと判断された。

だが、そう思ってくれほうが、都合がいい。

むしろ、

（そうか。家でもこれで通そう！　おばあちゃん、ナイス!!）

と、士郎は内心握り拳だ。

エリザベス自身は、大分不服そうだったが――。

「いろいろ、すみません」

「いいのよ、いいの。あ、それより帰ってきてから、たくさん天ぷらを揚げたのよ。さっき寧ちゃんにも、あとで届けるわね――って言ったんだけど。よかったら、持って行ってくれる？」

「はい！　喜んで。いつもありがとうございます。おばあちゃんの天ぷら大好き」

「まあまあ私のほうこそ、嬉しいわ。ありがとう。そしたら、今持ってくるからね」

「はい」

　こうして隣家でのやり取りも終え、士郎は大型の食品保存容器に入った天ぷらを持って帰宅した。

　いつもなら「ただいま」と大きな声を出すところだが、まずはエリザベスとクマを玄関に入って直ぐにある脱衣所へ待機させるために黙っていた。

「エリザベス。ちょっとここで待ってて。キッチンに天ぷらを置いてくるから。クマさんもだよ」

「バウ」

「おう」

　そうして手にした天ぷらの容器を、キッチンにいた寧へ預ける。

「ただいま。これ、おばあちゃんから預かってきたよ」

　夕飯前ということもあり、リビングダイニングを含めても、一階には寧しかいなかった。

　この分だと颯太郎は三階の自室で仕事、友人と約束していた双葉と充功はこれから帰宅、樹季、武蔵、七生は二階の子供部屋といったところだろう。

　そんな中、寧は淡々と平日用の惣菜《そうざい》を大量に作っていた。

避難所生活体験へ出かけるときに、十分の持ち出しを目処《めど》に非常食を用意できるのは、こうした週末のルーティンがあるからだ。

また、寧の手間を知っているからこそ、花も何かにつけて「よくエリザベスを見てもらう御礼よ」などと言って、お裾分けをしてくれる。

士郎たちは一緒にエリザベスを飼っているくらいの勢いで世話をしているが、常に何かしらお裾分けしたくて仕方のない花からすれば、絶好の口実なわけだ。

ただ、そこはお互いに理解しているので士郎たちも――、

「嬉しい。ご馳走様。これからももっとエリザベスのお世話を頑張らなきゃ！」

――などと言って、笑って受け取る。

お互いに世話好きなのもあるだろうが、隣家とはあらゆる場面でいい関係が築けている。

「お帰り、士郎。エリザベスの散歩とおばあちゃんからのお裾分け、ありがとうね」

そうして寧が、士郎から受け取った大型の食品保存容器の蓋を開けた。

「わ！　夏野菜の天ぷらにエビや鱚《きす》まで」

どう考えても、お裾分けするつもりで作ったとしか思えない大量の天ぷらを目にすると、寧が目を輝かせる。

「今夜は豪華だね」

「あ、せっかくだから、今夜は天ぷら素麺《そうめん》にしようか。そしたら簡単に用意ができるし」

さっそく夕飯のメインに据えることにしたようだ。

そうは言っても、双葉や充功といった食べ盛《ざか》りがいる。

寧なら、これに一品、二品を足して出してくるだろうが、それでも全部を用意するより
は大分楽だ。

士郎は花にいっそうの感謝が起こる。

「うん！　あ、今日は散歩の途中でエリザベスを汚しちゃったから、綺麗にしようと思っ
て、脱衣所で待たせてるの。今、洗ってくる。あと、今夜はそのまま泊まりってことで、
おばあちゃんに許可をもらってきたから」

「了解」

（さてと――）

士郎はその足で廊下に出て、脱衣所へ向かった。

「あ！　クマたん」

すると、いつの間に二階から下りてきたのか、七生がエリザベスの脇に立っていたクマ
を見つけて、手を伸ばしている。

「汚いから触っちゃ駄目っ！」

「ひっ⁉」

士郎は咄嗟に叫んで、七生の目の前からクマを取り上げた。

勢いからクマが脱衣所の壁にバン！　と、ぶつかったが、士郎に悪意はない。

「痛いっ」

そう言われても、咄嗟にクマの口を塞《ふさ》ぐだけだ。

「黙れっ」

どこから声を出しているのかわからない氏神クマだけに、効力があるかどうかはわからないが、反射的にこうしてしまうのは、もはや人間の性《さが》だ。

とはいえ、こんなに乱暴な士郎は見たことがない。

七生はクマがどうこうよりも、まずはそれに驚き、ビクンと身体を震わせた。

ただ、クマはそうとうショックだったのが、「ひどい！」と言って泣きだした。

「本当に吾を、バイ菌扱いしおって〜っ」

「――」

これには七生も目を見開く。

いきなり縫いぐるみがベソベソし始めた驚きのほうが、弟溺愛から鬼の顔を見せた士郎よりも衝撃が大きかったようだ。

「クマた〜ん！　きゃ〜っ、抱っこ〜っ」

これに関しては、好奇心かもしれないが――。

「だから、駄目だよ七生！　触るのは、せめて洗ってからにして」

両手を掲げて、確認やら抱っこをしたがる七生を宥《なだ》め賺《すか》して、士郎はいったん風呂場へ移動した。

オロオロするエリザベスをどかして、おもむろにシャワーを手に取ると、コックを捻ってクマの頭からシャワーを浴びせる。

「あわっっっ！　何をするのじゃっっっ」

「洗濯。いきなり機械に入れたら、機械が汚れそうだから、こうして水洗いしてから入れようと思って」

「なんじゃと〜っ！　あぶぶっ」

ギャーギャー騒ぐクマをまずは水で洗い流してから、両手で力一杯潰して、水を切る。

これを何度か繰り返すだけでも大分違う。

最初はグレーがかっていた水が、少しずつでも綺麗になっていく。

しかし、士郎基準で〝七生が触っても安心な清潔レベル〟には、まだ遠い。

「うぎゃ〜っっっ」

クマが何を言おうが叫ぼうが、知ったことではない。

士郎は黙々と、水で流して、押して潰してを繰り返し、最後はできる限り水を切る。

「うぎゅっっ、腕がっっっ」

「黙ってて。ねじり絞らないだけ気遣ってるでしょう」

「そういう問題じゃ――、ぐにゅっ」

そうして大方の水が切れたクマを片手に持つと、再び脱衣所へ戻って、ドラム洗濯機の扉を開いた。

「このネットはもう、僕の責任で買い直そう」

洗濯ネットにクマを押し込み、あとはドラムの中へ放り込んで、扉を閉める。

だが、バタン――と閉じた瞬間、

「うぉぉぉっ！　そなた、何をする気じゃ～っっっ」

ネットの中だというのに、クマが必死でドアを叩くも、士郎は淡々と洗剤や柔軟剤《じゅうなんざい》を投入口へ入れていく。

七生やエリザベスが茫然としながらその様を見守り続けるも、士郎は洗濯乾燥までの自動セットを終えると、躊躇《ためら》いもなくスイッチをオン。

これでも気だけは遣い続けているので、ちゃんと縫いぐるみも対応してくれる、おしゃれ着洗いで設定している。

「やめれ～っっっ。この罰当たりがっ～っ」

それでもドラムの中で注水が始まると、クマは「クマ殺し」と言わんばかりにドアを叩き続けた。

士郎はここでようやくニヤリと笑うと、

「いや、洗い終わるまで外で待っててくれたらいいじゃない。クマに憑いて身体を借りてるって、そういうことでしょう？」

利き手で眼鏡のブリッジをクイと上げた。

「あ……」

クマもすっかり忘れていたのか、ご神体からするっと抜けだし、その後は目には見えない姿で、しばらく過ごすことになる。

それでもドラム洗濯機で回されているクマが、ひーひーして見えるのは、情動キメラ――メカニズムと一緒だ。

もしくは、実際この世の終わりのような声を出されたからだろうが、

（でも、人間界から見たら、神々と精霊たちの世界も狭間世界も、この世の果てと大差ない気がするけどね）

などと思いながら、士郎は待たせていたエリザベスを風呂場へ移動させると、その足を洗い始めた。

そして、背中を濡れタオルで水拭きし、その後は乾いたタオルで仕上げている。

「クマたん。抱っこ～」

ただ、七生だけはその後も回る洗濯機を見ているのかと思いきや、

（え？）

七生はまったく違う、何もないところを見ながら、笑顔で両手を伸ばしていた。

（えぇぇぇぇっ！）

幼児あるあるなどとしてたまに聞くが、士郎は思わずエリザベスに「どういうこと!?」と聞いてしまった。

「オ～ン」

こればかりはエリザベスでも、よくわからないようだった。

3

「クマたん♪　クマたん♪　クマたんたんたん♪」

どうも七生には、クマから離脱した氏神が見えているようだった。

その後もしばらくリビングで遊びつつ、あっちを見たり、こっちを見たりしながら、手を振ったり愛嬌を振りまいたりと、何かする度に士郎の顔を引きつらせた。

キッチンにいる寧が気付かないか、ドキドキ、ハラハラしっぱなしだ。

（――でも、クマって呼ぶんだ）

ただ、七生にとって氏神がどんな風に見えているのかは気になったが、そこはあえて聞かなかった。

いきなりおかしなことをやり出さないか、ひたすら監視を続けつつ、

(クマさん。頼むから、何もしないでよ。気紛れに変なことをし出して、七生がおかしな行動をし始めたら、家族に言い訳が利かないんだからね)

それこそ必死で念を送り続ける。

こんなことなら、「そちらからの声かけに、こちらが応答するまで勝手に心を読まないで」などと言わなければよかったが、時すでに遅し——だ。

そうしてエリザベスに協力を求めながら、七生の監視をすること約二時間。

「ご馳走様でした!」

「美味しかった〜」

その間、兎田家内では双葉や充功が帰宅し、颯太郎が仕事を中断して下りてくると、七時前には夕飯をスタートした。

食べるだけなら三十分から四十分もかからず、ダイニングからは次々と「ご馳走様」の声が上がる。

「うん! おばあちゃんの天ぷら最高っ〜」

「父ちゃんやひとちゃんのも美味しいけど、おばあちゃんのも美味しい!」

「ちゅるちゅるっ。うんまよ～」

冷たい素麺に、オーブンでパリッと温め直した天ぷらのセットは、樹季や武蔵、七生にも大好評だった。

三人とも満足そうに顔を見合わせると、膨れたお腹の辺りを撫でてニコニコしている。

「ご馳走様でした」

士郎も両手を合わせてから箸を置いた。

いつもなら、ここから談笑タイムへ突入。すでに双葉や充功は、今日会った友達のことなどを話し始めている。

だが、士郎は上《うわ》の空。すでに笑えない話を、クマとし続けていたからだ。

（――それにしても、のう士郎。そなたの家では、神に供え物はないのか？　母君《ははぎみ》の前にはあるのに、なにゆえ吾には何もないのじゃ？　というか、普通は自分だけ美味しそうに食べるかのぉ～？　一緒にいかがですかとか、建前でも誘わぬか？）

氏神クマは士郎の殺気だった監視のために、七生とは派手に遊べず――。

それどころか、いまだ憑くものが洗濯機の中なため、食事が始まった頃から、士郎の背後で待機していた。

それも、よほど構ってほしかったのだろう、脳内への呼びかけが止まず。士郎は何度「あとにして」と声にしそうになったかわからない。

そこはグッと堪えて、返事を考え、勝手に読みとってもらったが――。

(誘いませんし、供えません。そもそもうちには、神棚的《かみだなてき》なものはないんですよ。いきなり何もないところにお供えなんて出したら、父さんや兄さんたちが心配するでしょう。というか、供えたところで、食べられるわけでもないのに――もったいない)

(だからここは、気持ちの問題じゃろ！)

(いいえ。現実問題です)

(むーっ！)

(その、七生みたいな怒り方、やめてくださいよ。実は、座敷童《ざしきわらし》とかなんですか？　それなら我が家の繁栄のためにも、おもてなしを考えますが)

(吾は氏神じゃ！　さすがにもちっと担当範囲は広いっ！)

そうこうしている間に、脱衣所から乾燥終了の合図が響いて来た。

「あ、僕。洗濯機を回してたから」

「そうだったんだ」

士郎は颯太郎や寧たちに声かけをしてから、食べ終えた食器をシンクに移動し、その足で脱衣所へ向かう。

それを七生が「待ってました！」と追いかけるが、そこはエリザベスも着いてきて、一緒に様子を窺う。

「あ……。しまった。ネットに入れても駄目だったみたい。右腕が……。それに形もいびつに……」

実際、このクマの年季がどれ程のものなのかは、士郎にもわからない。

しかし、洗濯から乾燥までを一気に行ったことで、小汚いから普通ぐらいには洗い上がったが、糸がほつれて片腕が取れかかっていた。

その上、形崩《かたくず》れを起こして、気の毒な不格好《ぶかっこう》さになっている。

「これはそなたが水洗いで、ギューギューもんで、絞ったから……」

さっそく憑いたクマに言わせれば、士郎の扱いが悪かったせいらしいが――。

これを見ていた七生が突然行動に出た。

「あ！　クマたん!!」

「うぉっ！」

待ちに待っていたクマが悲惨なことになったと知るや否や、士郎の手からそれを奪って、ダイニングへ走ったのだ。

「とっちゃ。ひっちゃ～っ」

「ひぃぃぃっ」

「ちょっ！　七生っ」

七生は颯太郎か寧に直してもらおうとして、クマを見せた。

これ自体の発想や行動は間違っていない。二歳にも満たない七生からすれば、すごく賢い！　の一言だ。

だが、ときにはこの賢さが、士郎を窮地へ追い込む。

「どうしたのこれ？　うちのじゃないよね」

「それは、エリザベスので――」

当たり前のように寧に聞かれて、どうにか誤魔化す。

「あ～。そうなんだ。こんなになるまで遊んじゃって。いいよ、七生。父さんが直してあげるから、エリザベスと一緒に遊んでなさい」

「あっとね！」

ただ、こうなると持ち主が誰かということは、さして問題ではない。

問題なのは、颯太郎が氏神憑きのクマを笑顔で抱えて、リビングへ移動。テレビボードの引き出しから裁縫道具を出すと、そのままソファに腰をかけて、クマの腕を縫い始めてしまったのだ。

それも、

（痛い痛い痛いっ！）

（だから、クマから離れたらいいじゃないか）

（そう簡単に言うでない。エネルギーが要《い》るのじゃ、憑いたり離れたりするにしても）

思いがけないところで、麻酔無しの縫合《ほうごう》手術に立ち合った気分になる。

士郎は（何それ？）と思いつつも、仕方ないので自分も側で見守ることにした。

というよりは、間違っても声は出すなよと、クマを見張り続けていたのだが――。

「さ、できた」

それでも颯太郎のテキパキとした縫合は、ものの数分で終わった。

まずは取れかけていた右腕が元に戻る。

「ありがとう。父さん」

「どういたしまして。でも、ちょっと待ってて。せっかくだから、形も整えてあげる」

その上颯太郎は、針などを裁縫箱へ片付けると、クマの身体全体を手もみし始めた。

すると、徐々にではあるが、洗濯でいびつになった形が元へ戻っていく。

これこそ、パパの手は魔法の手だ。

もともと颯太郎が器用なことは知っていたが、士郎も改めて感心してしまう。

「お～っ。気持ちええ～っ」

ただ、この手もみが思いのほかクマにも心地好かったらしい。

颯太郎の手の中でクマが発した。

（ばっ！）

「しかも、腕も中もいい具合に戻った。そなた、手間をかけさせてすまなかったの～」

「いえいえ。どういたしまして。それはよかった」

士郎が止める間もなく、修理の感想までベラベラと。

しかも、これが聞き間違えでないなら、颯太郎が何の疑問も持たずに返事をしている。

(え⁉)

「なぬ⁉」

さすがにこの事実に気付いたときには、士郎だけでなくクマさえ驚いた。

さらに声を出して、ダイニングにいた兄弟の気まで引くことになる。

「わー！　すごいっ。クマがしゃべった！」

「本当だ。すごい！　これすごいね、エリザベス！」

「バウンっ」

特に武蔵と樹季は両手を挙げて大はしゃぎ。

エリザベスのおもちゃだと思っていたのが、たった今からエリザベスのお友達認識だ。

エリザベス自身は全力で否定しているが、こういう時に限って、武蔵も樹季も聞いちゃいない。

ただ、さすがに上三人は、顔を見会わせて「ん？」「まさかな」などと言い、確認を取り合っている。

「おいでーっ！」

「ひーっ」

「遊ぼう遊ぼう。一緒に遊ぼう」

しかし、ここでクマは武蔵に腕を掴まれると、士郎が止める間もなく、颯太郎の膝の上からリビングダイニングの間辺りに移動した。

（何、歩いてるんだよ！）

武蔵は無意識だろうが、まるで七生の手を引くように連れて行ってしまったのだ。

「ここに座って。いらっしゃいませ〜っ」

「お、お邪魔します」

「わ！　しゃべるだけでなく、動いた！」

「見てみて、寧くん。双葉くん。みっちゃん！　クマさん、自分から歩いて座ったよ」

だが、ここまではっきりした言動を目の当たりにしたら、さすがに武蔵でも気がつく。

ましてや樹季はガッツリ見ていた。

兄たち三人を確実に巻き込んでいく。

「え!?」

「嘘」

「そんな馬鹿な」

それでも寧たちは、まだ半信半疑だ。ダイニングチェアから立ち上がるまではしたが、その場から覗くに留めている。

士郎としては、今のうちに〝なかったことにしたい〟と思うも、何をどうすればいいのかわからず、エリザベスのほうを見てしまう。

エリザベスになど、エリザベスなど、もっとわかるはずもないのに。そうとう動揺している。

「クマたん。どーじょ」

すると、いつの間にちょこまかと動いていたのか、七生が嬉しそうに自分のストローマグをダイニングテーブルから持ってきて、クマに差し出した。

中には麦茶が入っている。

「お、おう。すまないのぉ」

「あ、そうだ。いらっしゃいませしたから、お茶どーぞだね」

「七生、偉い！」

「あいっ！」

――何、また返事をしてるんだよ！

などと言いたいところだが、クマは七生からストローマグを受け取ったどころか、飲む仕草まで始めた。

さすがに本当に飲めるとは思えないが、おそらく地の姿での癖がそのまま出てしまっているのだろう。

ただ、こうなると双葉や充功の目つきが変わった。

当然のことながら、

「このクマはなんだ？」

「いったいどうなっているんだ？」

——となる。

しかし、ここで一際《ひときわ》目を輝かせた寧が言い放った。

「わ～。テディベアと一緒におままごとか～。夢があるね～。というか、士郎。またすごいのを作ったんだね！」

「え？」

「だって、このクマの縫いぐるみというか、中身ロボット？　エリザベスの遊び友達として士郎が作ったんでしょう。動くどころか話までするなんて！　もしかして、人工知能付き？　本当にすごい！」

堂々と斜め上な解釈をし、それも「これこそが事実でしょう！」とばかりに、言い放ったのだ。

すると、

「あ、ああ～。そういうことか。だよな！　ビックリした～っ」

「本当だよ。驚かせるなよ、士郎」

「まあ、驚かしてやろうと思って、いきなり動かしたんだろう。それにしても、今度は何をアレンジして作ったんだ？　クマの中に市販のロボットでも入れてるの？」

「それってお前、貯金の残高は大丈夫なのかよ」

双葉と充功は、揃って寧の言い分を信じてしまった。

だが、この信仰にも近い信頼は、超がつくほどのブラコンだけが生み出したわけではない。それこそ市販のワンワン翻訳機を、独学でエリザベス専用翻訳機などに作り替えてしまう天才児、神童四男のこれまでの実績があるからだ。

これこそ自業自得と言われかねない展開だが、それにしても――だ。

（へーじゃないよ。どうしたら、そういう発想になるのさ。むしろ、何の疑いもなく、僕が作ったと思い込んじゃう寧兄さんがすごいんだし。それで納得しちゃう二人もどうかしてるよ。特に充功なんて、双葉兄さんが何も疑わないから、すっかり信じ切っちゃってるし。僕の預金残高の心配までしてどうするのさ！）

とはいえ、この思考、展開には士郎としても覚えがある。

（――僕もまったく同じことを考えたから、何も言えないけど）

クマの登場を吉原繚の悪戯だと真っ先に思ったのは、士郎自身だ。

むしろ、こんな高機能ロボットを作りかねないと考えられる子供が、身近に二人も居るほうが希少だ。

「バウン」

それでもエリザベスだけは知っている。

あのクマは自分を乗り物扱いするだけで、決して遊び友達などではない――と。

「うん。わかってる。エリザベスも心配だよね。僕のうち」

「くぉ～ん」

神やら異世界の存在もさることながら、この常時ゆるふわっとした思考の家族の存在そのものが、摩訶不思議《まかふしぎ》かつ時々心配な存在であることを――。

「それにしても、よくできてるな――。あ、ブラッシングもしてあげたら。洗い上がりで、やっぱり毛がモサモサしてるし」

とうとう寧までクマのために動いた。

テレビボードの引き出しからエリザベス用ではあるが、一番柔らかめのブラシを手にすると、おままごとの中に一緒に座る。

そうして、颯太郎同様にクマを膝の上に載せると、頭部から優しく優しくブラッシングをしていく。

その違いは、撫でられたあとを見るだけで、ひと目でわかる。

クマは心地よさそうな上に、ご満悦《まんえつ》だ。

「なっちゃも～」

「一緒にやる？　そしたら、これでいい子いい子するみたいに、撫でてあげて」

「あーい」

そうして、ここからはちびっ子たちも交代でクマのケアに加わった。

「次、俺もやる！」

「僕も！」

ブラシ以外でも、手足を撫でられ、「可愛いね」「いい子だね」を連発されながら、毛並みを整え、いっそう綺麗に仕上げられていく。

（うむ。容赦なく洗濯機へ放り込んだ鬼畜《きちく》なそなたの兄弟とは、思えぬ童らじゃ〜）

（あっそ！）

士郎には、チラッとこちらを見てきたクマが、ここぞとばかりにしてやったり顔をしているようにしか思えない。

「あ、寧。悪いけど、父さんまだ仕事があるから、上がっていい？」

そんなことをしていると、壁に掛かった時計を見ながら、颯太郎がソファから立ち上がった。

「うん。ここは任せて」

「頼んだよ」

裁縫箱を元の場所へしまうと、颯太郎は一足先に二階をあとにした。

その後も兄たちは、動いて話すクマは神童士郎が作ったものだと信じ込んだまま、後片付けを済ませて自室へ戻った。

また、弟たちとエリザベスも、そのままクマを連れて二階の子供部屋へ移動した。士郎も様子を見に上がると、何も気にせず一緒に遊んでいる。なので、士郎はクマに子守を任せるつもりで自分も学習デスクに向かった。

自分専用のノートパソコンとノートを開き、筆記具を手にして、これからどうするのかを考える。

自分が次の行動を起こすために、何をどうするべきかを導き出すためだ。

(さて、出入り口作りだ。そのためには、サイズの確認だ。クマの身長が七生に比べて、十センチ弱小さい。で、洞の前に立っていたときのクマと比較し、遠近差を考慮しても、穴の大きさは縦七十センチの横五十センチくらいのアーチ型だ)

士郎は幹の洞の形状を考え、図面を起こそうとするも、手で描こうとすると上手くいかなかった。

なので、パソコンに入っていたお絵描きソフトの図形テンプレートを利用しながら、立体図面を作ることにした。

これは上手くいった。

(――ただ、これは洞の入り口サイズで、前に秋田犬が身体半分を入れていた感じから奥行きを想定すると、祠部分は縦横十センチは小さいはず。更に祠自体の奥行きとなったら、もっと狭くなり、シャベルで抉ったような形状の洞穴になっていた。なので――、あのクマを収めた六面体の祠を収めるのは、やはりサイズ的に無理がある)

記憶と目測《もくそく》の掛け合わせではあるが、大体のサイズも割り出せた。

しかし、本当の問題はここからだ。

(そうすると、やっぱり大木の洞にクマを置いて、それを隠すように蓋をしたものが、いつの間にか祠扱いになった。異世界への出入り口となったと考えることが一番妥当だ)

状況から見るなら、これらが子供の悪戯か宝探し用にでも隠したか? としか思えない。

クマと蓋が、どうして〝ご神体を収めた祠扱い〟になっているのかは、まったく想像がつかなかった。

おそらく、この状況に何かしらのストーリーがあったからこそ、氏神がそう呼んでいるのだろうが――。

このあたりはいずれ颯太郎にでも、意見を聞いてみようかと思うに留めた。

なぜなら、今の士郎にそうした事情や背景は必要がない。

これから以前と同じように幹の洞にクマを収めて、蓋をして。それが新たな異世界の扉となればよいだけだ。

（けど、これで本当に異世界へ扉の修復になるの？　裏山の仲間たちは、ちゃんと帰ってこられるの？）

「――心配は要らぬ。それで充分、狭間世界への扉は再生される。なぜなら、そなたは吾の言うことを信じて、また狭間世界の存在を信じて、こうして行動を起こしてくれておる。肝心なのはその気持ちであって、それ以外ではないのじゃ」

「クマさん」

心配を読まれたのか、返事がされる。

椅子ごと振り返って見れば、樹季や武蔵、七生はすでに布団の上で眠ってしまっている。遊びながらゴロゴロしているうちに、昨日今日の疲れも出たため、寝付きもよかったのだろう。

寝方そのものはバラバラだが、きちんと上掛けもされているので、このまま朝まで寝かせてしまっても、大丈夫そうだ。

側にはエリザベスも伏せている。

「でも、そうしたら。必ずしも扉になるための場所が、祠である必要は無いってこと？」

士郎は、とりあえず、安堵した。

しかし、同時に浮かんだ疑問をぶつける。

「まあ、そうじゃな。扉の形状をしていると、出入りがしやすい。あとは、うっかりこちらの人間に出入りを見られたさい、一番ごまかしが利くので、利用されやすいだけじゃ」

「そう――。まあ、そう言われたら、そうなのかな。僕らが扉に持っている概念からすると。でも、扉であればいいなら、大木の外とかでは駄目なの？　場所はずらしたらマズいの？」

答えは案外、合理的なものだった。

だが、一つ知ると、新たな疑問がまた一つ起こってくる。

これにはクマも腕を組んだ。

かなり考えているポーズだ。

「そうじゃの――。向こうで扉の設定をした者が、新たにそうしてくれればよいのだろうが。しかし、扉だけがあっても、生憎《あいにく》行き来はできない。扉を設けた者と同じ気持ちで、行き来がしたい。交流がしたいと心から願ってくれる者がこちらに居なければ、鍵が開かないのじゃよ」

そうして、利くまで説明が成されなかった、扉の成り立ちが明かされた。

「鍵――。そしたら、扉の存在以上に、鍵穴と鍵のような合致がなければ、いずれにしても新たな通路はできない。仮に新しく扉を作ってもらったところで、その相手と共鳴《きょうめい》できる野犬たちそのものが向こうで足止めを食らってしまっていたら、どうしようもできないってことか」

「まあ、そういうことだ。それで、形だけのことだが、こちらの壊れた出入り口を修復してもらえれば——と願ったのだが。よく考えたら、そなたが新たな鍵になっても、扉は作られ、開かれるかもしれぬぞ」

士郎はこれまでに無く、クマから力強く言われた。

それもあり、少しだけ考えた。

二つの世界を繋ぐ、また行き来するルールのようなものは理解した。

だが、それだけに、士郎が導き出した答えは一つだった。

「——だとしても、それは確実じゃないし、現状では得策じゃない」

聞くとクマは明らかに驚いた様子を見せる。

「そなたは、狭間世界へ行ってみたいとは思わんのか？　信じて願えば、行き来が叶うやもしれんのに。あ——、決して大気圏《たいきけん》のような、すごい場所ではないぞ。むしろ、人間界に比べたら、楽園じゃないかと、吾でも思うがのぉ」

説明が足りなかったと言わんばかりに、旅行ツアーのプレゼンテーションのようなことまで言ってくる。

これには思わず、士郎も吹き出した。

「いいえ。そういうことじゃなくて。今は、野犬たちをこちらの世界に戻すことが先だから。あとは、僕には向いてない気がするかな——ってだけだよ」

「向いてない？　ちゃんとこうして、存在を信じてくれたのにか？」

クマから——氏神からすれば、士郎が出した答えは、まさに想定外であり、場合によっては、用意されていた答えでもなかったのかもしれない。

だが、士郎には士郎の信念がある。

「僕らが住む以外の世界があることは、別に頭ごなしに否定することじゃない。だから、あると言われれば信じる」

だからこそクマに向かってにっこり笑い、自身の気持ちを説明し続けられる。

「けど、野犬たちにとってその世界って、僕からしたら逃げ場であり、隠れ家の一つだと思うんだ。だとしたら、僕はその世界を見たい、行きたいと願う前に、野犬たちが異世界へ逃げ込まなくてもいい世界を、この人間界に作りたい。むしろ、向こうの世界の人や生き物が、遊びに来たくてたまらなくなるような、幸せな世界を」

「…士郎」

クマはいっそう驚いた風だった。

だが、士郎からすれば、むしろ自身が言い放ったことのほうが、ファンタジーに近いかもしれないと思えた。

あると言われた異世界へ気持ちを逃がすことより、今ある世界をもっと理想郷《りそうきょう》にしようと願うことのほうが、難しいとわかっているからだ。

何せ、この世界には、面倒な人間がいっぱいだ。

利己的で理不尽な人間もいっぱいいると、すでに知っているからだ。

「ただ、これはたんに僕のイメージ。野犬たちは、ただ楽しいから行き来をしているからかもしれない。でも、僕はこれまで、そうした世界にまったく興味がなかったし、空想もしたことがなかったんだ。だって、どんなに辛いことがあっても、また楽しいことがあっても、僕には大好きな家族がいるから。自分の家以上に、安全で居心地のいい場所を想像したり、考えたりってことがなかったんだよ」

それでも士郎はクマに向かって笑顔を見せ続けた。

ふと視線を弟たちの寝顔にやると、「わかるでしょう」と言わんばかりに、にっこりと。

「だから――。僕は、僕と同じ気持ちで、彼らがこの世界に居てくれるといいな――と思う。帰ってきたいと願ってくれているなら、なおのこと。いつも心が休まるような、そういう世界が作れたらいいと思う」

しかし、こうしてクマと話をしていると、士郎はこれから自分が何をどうしたいのかを、新たに見つけられた気がした。

「なんて言っても、僕の周り程度の小さな世界だけど」

目標を持てた気がした。

するとクマはうんうんと頷いてから、椅子に座る士郎を今一度見上げた。

「奴らは、そして吾は、幸せじゃな」

「――ん？」

「そなたのような童の仲間で。また、住む地域の氏神で」

目と目を合わせると、はっきりと言う。

「クマさん」

「ならば、吾も心して守っていくぞ。吾に与えられたのは、小さな小さなこの担当地区じゃがな」

その後は組んでいた両手を解くと、士郎の膝をポンポンとした。

士郎は「ありがとう。お願いね」と言うと、両手でクマを抱き上げて、膝の上へ座らせた。

そして、今さっきパソコンで描いていた立体図面を見せると、

「こんな感じでいいかな？」

「おお！　十分じゃ」

心強い確認を取った。

4

翌朝――朝食後。

登校前の忙しい時間だが、士郎は寸法などを明確にした完成図を双葉や充功に見せた。

最近、お手製のアストロラーベや宝箱作りを見て、工作なら二人のほうが上手いし得意だとわかったので、作るに当たっての相談と協力を求めたのだ。

「これなら廃材を組み合わせても、できそうな気がするけど？」

「そうだな。でも、何するんだ？　この半端なサイズの蓋みたいな、扉みたいな。あ！　エリザベスの犬小屋にドアでも付けるのか？」

ひょんなことから充功に言われて、士郎は目から鱗《うろこ》が落ちたような気持ちになった。

「あ――。そう言われたら、似たようなものだね」

実際は似たようなものではなく、まさにそのままだ。ただし、異世界へのドアだが。

「そしたら、小洒落た感じに作ってあげたいな」

双葉がノリノリで協力を引き受けてくれた。

充功も「そうだな」と言いつつ、すでにスマートフォンを取り出して、扉の画像検索をしている。参考になるデザインを探し始めたようだ。

「いや。そこは用途は近いんだけど、エリザベスの小屋用ではないから。でも、イメージとしては、エリザベスの犬小屋に着ける扉って考えて、アイデアがほしいかな。できれば観音開き《かんのんびら》きがいいかも」

こうなると、士郎も遠慮がない。扉と言っても、本当に洞の中で開け閉めをするとは思わなかったが、万が一を考えて開閉がスムーズなよう形状を追加リクエストした。

「了解！　よくわからないけど。そしたら、サイズと基本仕様はわかっているんだから、あとは色とか取っ手とかだよな」

「じゃあ、僕は。学校へ行ったら、原先輩に廃材とかが安く手に入りそうなところを知ってるかどうかだけ、聞いてみるよ」

あとは材料の調達だ。できれば手持ちのお小遣いで済ませたいが、足りなければお年玉貯金から下ろしてくるまでだ。

その際は、颯太郎にもお願いしなければならないが——。

「原？　原ってあの強烈な母親のうちか？」

「そう。お祖父ちゃんが宮大工さんで、原先輩もいろいろ作るのが好きみたいだから。もし知っていたら——くらいで。まあ、渡り大工さんだから、普段地元では仕事はしてないかもだけど」

原と聞いて、一瞬充功が嫌そうな顔をした。

しかし、士郎自身は律にこれといった問題は感じていないので、ここは彼に話をする理由だけ説明をして終了だ。

そしてそのあとは、

「――あ、それから七生。クマさんの電池は抜いていくから、僕が帰ってくるまでは、動かなくなるからね」

(!!)

リビングソファで仲良く寛いでいた、七生とクマに向かって言い放った。

「え〜っ」

「遊んでほしかったら、エリザベスだよ。いいね」

「はーい」

エリザベスには「頼むね」と伝えて、クマはその場から撤収だ。

自分のデスクの上へ、そっと置く。

「はい。ここに居てね」

「そなたが帰るまで、吾が動かぬとはどういうことじゃ」

「万が一、余所の人に見られたらフォローのしようが無いからね。暇《ひま》ならクマから抜けて、担当地域の見回りでもしたらいいよ。ちょっとエネルギーは使うかもしれないけど、この地域を守る氏神様なんだから！」

そうして、クマの代わりにランドセルを掴むと、士郎は氏神にクマの中から離脱するように促した。

「そなたもやることなすことエグいのぉ」

「何か言った？」

「いや！　気をつけて行って参れよ！　犬等《ら》がそなたを頼って、今か今かと、扉の完成を待っているからの～」

氏神は渋々だがクマから抜けだし、士郎のあとを追いかけてきた。

姿こそ見えないが、気配はバッチリだ。

この分では、学校にまで着いてきそうだが、そこは七生が「おいでおいで」「遊ぼう」と手招きをしたものだから、リビングに戻っていった。

こうなると、神よりクマより七生のほうが恐ろしい？

七生はエリザベスとクマの中身を従え、士郎にはなんだかよくわからないごっこ遊びを始めた。

仏壇の前に座り込んでやり始めたところをみると、場合によっては蘭まで呼ばれて巻き込まれるのか？　まで、想像してしまう。

現実的な士郎にしては、たった一日で、随分とファンタジー思考が育っている。

「言ってきまーす」

そうして、今日も家を出た。

夏休みまでの登校は、あと少しだ。


士郎が律を引き止め、声をかけたのは、帰り際の下駄箱の前だった。

「廃材を安く？　ああ——。あるよ。俺もよくお世話になるんだけど、お祖父ちゃんの大工仲間で地元で工務店してる人が居るから」

律からすれば、昨日の今日で士郎から声をかけられるとは思っていなかったのだろう。

しかも、ちょっとした相談ごとでだ。かなり嬉しそうだ。

「兄さんが、工夫すれば端切れでもできるかもねって言ってたんだけど、どうなのかな？」

「これくらいのサイズなら確かにね。そしたら、一緒に言って、俺からも聞いてやるよ」

「本当！　それは助かる」

律は、士郎が持参した図面を見ながら、いっそうの協力を申し出てくれた。

「士郎く〜んっ。学校終わったら、どっか行くの？　僕も行きたい！」

——と、今日は朝から出かける気配を察知していたか、樹季がここぞとばかりにランドセルを揺らしながら走ってきた。

置いて行かれまいと頑張ってきたのがひと目でわかる。頬が真っ赤に染まっている。

「樹季も？」

「うん！」

「やっぱり可愛いな～、樹季は。お兄ちゃん大好きオーラがでまくりで」

すると、それを見た律が、しみじみと言った。

これはこれで、兄として慕われている士郎が羨ましいのだろう。

だが、そんなときだった。

「へへっ――うわっ！」

「樹季！」

いきなり樹季めがけて、何かが飛んできた。

「平気。掠っただけ」

「よかった……、体操着袋？」

士郎が庇おうにも、間に合わない。ただ、飛んできたそれ自体は軽くて柔らかいものであり、樹季も足に掠っただけだったので、特に怪我や痛みはなかった。

「利久斗！」

そうしている間に、律が犯人を見つけて動いていた。

「ふん！　僕のほうが可愛いもん！　みんな僕が一番可愛いって言ってる。樹季なんて、げーのーかいだって知らないくせに！　なんだよぉっ」

「お前な！」

おそらく、昨日発した律の言葉、そして今の言葉から、樹季への焼きもちが抑えきれなかったのだろう。

だが、樹季からしたら、とばっちりもいいところだ。

まさか利久斗のこうした言動のきっかけが、律にあるとも思わないだろうし。

そうとう腑《ふ》に落ちない顔で、士郎が拾い上げた体操着袋をひったくった。

「ふーん。だからどうしたの？　はい、これ。投げたら駄目だよ」

それどころか、利久斗に体操着袋を突きつける。

「――なんだよっ！　僕はお前のことなんて、可愛いなんて思わないからなっ！」

「え？　別にいいよ」

当然、利久斗は更に樹季に噛みついた。

ただ、ここで樹季は怒ることもなく、普通に返した。

それこそ、だからどうしたの？　と、笑って。

「!!」

これには利久斗だけでなく、律まで一緒になって驚いた。

「あのね。みんなが僕のことを可愛いとか、そうじゃないとか、そんなのどうでもいいんだ。だって僕には、世界で一番可愛いね！　って言ってくれる士郎くんがいるから。寧くんや双葉くん、みっちゃんも可愛がってくれるし。もちろんお父さんも！　だから、余所のことなんて、どうでもいいよ〜。そう思わない？」

「っ……え？」

しかし、樹季の反撃はここからだ。

それこそ、満面の笑顔で利久斗に「僕は愛されている」自慢をぶつけた。

士郎は利き手を眼鏡に――ではなく、思わず額へやってしまう。

「だからね。利久斗くんはすごく可愛いと思うよ。けど、士郎くんが世界で一番可愛い〜って言って、苦手なお野菜とウインナーを取り替えてくれるのは、僕だけなの。あんなに可愛い武蔵や七生だっているのに、僕が一番。だから、僕はそれだけでいいんだ〜。そう思わない？　うふふっ」

「――」

だが、当の利久斗からしたら、実際よくわからない自慢話だ。

樹季が士郎に可愛がられているのはわかるが、いまのところそれだけだ。

「ところで利久斗くん。利久斗くんはお兄ちゃんに、世界で一番可愛い〜って言われたことある〜？　あ、お兄ちゃんに言われてたら、僕みたいによその人に可愛くないって言われても、気にしないか。言われたことないんだ〜。可哀想〜っ」

「っっっ！」

だが、ここで樹季は利久斗でも充分わかるように言葉を変えた。

このあたりは士郎のやり口と似ている。

これだから、充功あたりがよく言うのだ。五男の樹季を甘やかしたのは、弟が生まれて嬉しいフィーバーで盛り上がった、四男のお前だ！　と。

それこそ目配せ一つで、はいミルクだよ、可愛いね。

アウの一言で、はいおもちゃ、樹季は本当に可愛いね。

まさに、蝶よ花よと育てられた世界最強の可愛い屋さんなんだから、あんな「うふふっ」ですべてをまかり通らせるような、天然小悪魔になったんだ！　と。

「律〜っっっ」

そうして、これには我が儘小僧《こぞう》・利久斗も惨敗。声を上げて、律に泣きついた。

「あーっ！　大丈夫だって。俺にとっては、お前が一番可愛いから。どんなに性格最悪でも、我が儘小僧でも、俺だけは世界で一番利久斗が可愛いって、ずっと言ってやる。思ってやるから！」

律からすれば、待ってましたという喜びの瞬間であり、躾をし直すチャンスだろう。

「本当？」

「本当だよ」

「絶対？」

「絶対！」

「律～っっっ」

「利久斗っっっ」

律は、べそべそする利久斗を抱き締め、ここぞとばかりに頭を撫でまくる。

ただ、利久斗は利久斗で、士郎が感心するほど気合いの入った我が儘小僧だ。

「――そしたら、律。あいつにも可愛いって言わせて。僕が一番可愛いって」

「!!」

案の定、ただでは転ばない。今度は士郎を「あいつ」呼ばわりで指を差してきた。

こうなると、律の焦りが半端ない。慌てて利久斗の手を抱え込んだ。

「――え？　それは無理だ。今、聞いただろう。士郎にとって一番可愛いのは、樹季。二番三番だって武蔵と七生で埋まってる。もしかしたら、エリザベスもいるから、四番まで確実に埋まってるかもしれないだろう」

「やだーっ！　あいつにも言わせてよぉっ！　あいつ、僕を可愛くないって言った！　絶対に可愛いって、一番可愛いって言わせてよ～っ」

しかし、ここでこそ我が儘小僧の本領発揮だ。相手が律な分、容赦がない。

「だから無理だって！」

「どうして？　ずるいよ！　どうして僕だけ可愛くないの！」

「ずるくないよ。こればかりは、どうしようもないだろう」

「ケチっ！　いいじゃん、可愛いって言うくらい」

「ケチじゃないから。士郎はただ、余所の子よりも自分の弟たちが可愛いだけだよ」

「うっっっ。ケチ、ケチ、ケーチっ。ずるいビ～ム！」

そうして、伝家《でんか》の宝刀《ほうとう》を抜かんばかりに、ケチケチずるいビームが発射された。

こうなると、士郎は頭を抱えつつも、笑えてくる。

「すごいな……。ここまで徹底してると、逆に将来大成《たいせい》しそうな気さえしてくるから不思議だ。けど、原先輩。何だかんだ言っても、律くん溺愛っぽいから、このまま一生振り回されるかもな――」

ただ、士郎さえ「これはもう少し大きくならないと無理か」と諦めかけたときだ。

「よし！　それなら二倍返しの鏡を発動だ！」

突然樹季がギャーギャーわめく利久斗にドラゴンソードというカードゲームの攻撃をかけた。どことなく、お兄ちゃんモードに切り替わったようにも見える。

「え!?　ずっ、ずるいビ～ム！」

「次はゾンビカレーだ！」

攻撃は「ずるいビーム」一本の利久斗が、何やらタジタジになってきた。

だが、どことなく楽しそうにも見える。

「ずるいビ～ムっ」

「効かないのか！　そしたら逃げ狼発動！　逃げろ～っ」

しかも、これがトドメとばかりに、樹季はその場から逃げだそうとした。

すると、

「ずっ――――。やだ！　待ってよ～っ！　もっと、遊ぼうよ！」

もっと構ってほしくて、追いかけようとした利久斗に向かって踵を返し、

「ずるいビ～ム！」

利久斗の得意技を掛け返した。それも、にゃんにゃんアニメ敵役の攻撃ではあるが、ポーズまでしっかりと覚えている完璧技だ。

「え!?　うわぁぁぁっ！　やられた～っ」

すると、これは駄目だと利久斗がその場に倒れてみせる。

士郎と律は、顔を見合わせて、ただただ茫然と見入ってしまう。

「え！　すごい。今の見た、士郎くん！　律くん、上手！　やられた～の倒れ方がみっちゃんより上手だよ！」

そうして、樹季が極限《きょくげん》まではしゃいで褒めちぎると、利久斗が照れくさそうな顔で起き

上がり、「それ、本当？」と訊ねる。

「本当。本当！　倒れ方すごく上手！　それにカッコよかったよ！」

「……カッコよかった？」

「うん！」

さらにたたみかけるように褒めちぎり、最後に樹季は颯太郎譲りのキランキランな笑顔を利久斗に向けた。

「それって、可愛いより、いいの？」

「いいかもよ！　だって男の子だもん。うふふふ～っ」

そこへ樹季が伝家の宝刀「うふふ」攻撃を振るった。

「そ、そうなんだ。僕、そしたら、カッコイイほうがいいかも」

「わ～っ。利久斗くん、カッコイイ～っ」

すると、ここに来て、利久斗の甘えた顔つきが一変。急に眉をキリッとし始めた。

ある意味、劇団に通っているというだけはある。スイッチの切り替えが早い。

「うわっ～。すげえ。あの利久斗が手玉に取られてる。樹季の、士郎の中では世界で一番可愛い自分って自信はすごいな。余裕なのか、寛容《かんよう》なのか、とにかくすごい」

これには何処の誰より律が驚き、感動をしていた。

だが、いまだ頭を抱え続ける士郎だけは知っている。

「ううん。あれは単に、樹季は樹季で校内でも一番可愛いって言われるのは僕に決まってるじゃんっていう座を守っただけだと思う。相手の執着がカッコイイにシフトチェンジしちゃえば、戦わずして勝利でしょう」

樹季が天然可愛い屋さんであると同時に、無意識で計算高い小悪魔であることを。

それも、どんなに気合いを入れても、士郎が真似できないレベルの――。

「……え」

「ごめんなさい。ああいう風に育てちゃったのは、やっぱり僕みたい。でも、気持ちよく他人様を掌《てのひら》で転がすことはあっても、迷惑はかけてないから。今のところ――はね」

それでも、ここで利久斗がカッコイイに目覚めたことは、これから再教育を目指していた律には、いい後押しになった。

＊＊＊

廃材や道具の手配から、工作までの全てを手伝ってもらった士郎は、翌日の夕方には出来上がった扉を持って、裏山に行くことができた。

双葉と充功が完成させたそれは、防腐剤《ぼうふざい》などの塗装で色濃くした木目に黒のドアハンドルを合わせた、シンプルながらどこか気品ある仕上がりの観音開きの扉だ。

「さてと——。中も綺麗に掃除をした。クマも、これから何十年ご神体として置かれているのかわからないから、七生のレインコートも着せてきた。まあ、気休めだけど。僕が定期的に中の掃除や、クマの手入れもしていくから」

　エリザベスとここへ上がった時点で、氏神はクマから離脱していた。

　それを確認したところで、士郎は新たにレインコートを着込んだクマを洞の奥へと置く。

「そしたら、あとは。双葉兄さんと充功が張り切って一緒に作ってくれた、まんま扉になっちゃったもので塞いで——」

　クマの姿が隠れるように扉をセットし、最後に一度だけ扉を開けてみる。

「どうかこれからも裏山を、希望ヶ丘をはじめとする地域一帯を、見守ってね」

　両手を合わせてから観音扉を閉めると、なんだかよく見る祠風になった気がした。

　そうして、ここまでの作業を終えると、士郎はエリザベスに「行こう」と告げる。

「じゃあね、クマさん。僕らは見ていないほうがいい気がするし、このまま帰るから。どうか野犬たちをよろしくね！」

（承知した！）

　まだ側に気配を感じるクマさん——氏神に声をかけて、そこからは振り返ることなく、苔生《こけむ》した枕木の敷かれた傾斜を下ていく。

「気をつけて下りてね、エリザベス」

「それにしても、不思議だな。ここまでしても、今はさして実感がない。いや、実感がありすぎて、むしろ明晰夢《めいせきむ》だったのかな？　なんて思えてくる」

「バウ」

そうして、士郎とエリザベスが完全に裏山から完全に下りたときだった。

「カァ――ッ」

まずは、聞き覚えのあるカラスの声が、頭上からしてきた。

「あ。あのカラスは学校の裏山の――、じゃない。うちの裏山のカラスの声だね」

「みゃ～んっ」

しかも、足下には茶トラの猫が駆け寄り、頬ずりをしてきた。

「茶トラも！　出てきたんだ」

「オオーン」

そうこうするうちに、ここ数日まったく聞くことのなかった野犬たちの遠吠えが聞こえ始める。それにエリザベスが嬉しそうに声を返している。

「ロットワイラーたちの声も聞こえる！　よかった。みんな、お帰り～。あとでササミのおやつを差し入れに行くからね～っ!!」

士郎も思わず裏山に向けて、声を張り上げた。

「オン!?」

「大丈夫だよ。ちゃんとエリザベスの分はあるから」

「バウン！」

相変わらずエリザベスは、ササミのおやつが大好きだった。

コスミック文庫 α

大家族四男7

兎田士郎《とだしろう》の不思議《ふしぎ》なテディベア

【著者】 日向唯稀《ひゅうがゆき》／兎田颯太郎《とだそうたろう》

【発行人】 杉原葉子

【発行】 株式会社コスミック出版
〒154-0002 東京都世田谷区下馬 6-15-4

【お問い合わせ】 ―営業部― TEL 03(5432)7084 FAX 03(5432)7088
―編集部― TEL 03(5432)7086 FAX 03(5432)7090

【ホームページ】 http://www.cosmicpub.com/

【振替口座】 00110-8-611382

【印刷／製本】 中央精版印刷株式会社

ISBN978-4-7747-6200-5 C0193